MERIDIANE

Aus aller Welt

Band 84

Jiří Kratochvil

Der traurige Gott

Roman

Aus dem Tschechischen
von Kathrin Liedtke
und Milka Vagadayová

Ammann Verlag

Die Originalausgabe ist 2000 unter dem Titel »Truchlivý Bůh«
bei Nakladatelství Petrov in Brünn erschienen.

Die Übersetzung wurde gefördert vom
Literarischen Colloquium Berlin mit Mitteln der Stiftung Pro Helvetia.
Der Verlag bedankt sich hierfür.

Erste Auflage 2005

Homepage: www.ammann.ch

Satz: Gaby Michel, Hamburg
Druck und Bindung: Clausen & Bosse, Leck
ISBN 3-250-60084-9

Der Autor hält es für angebracht, darauf aufmerksam zu machen, daß eine etwaige Übereinstimmung mit tatsächlichen Ereignissen und Personen rein zufällig ist und daß er sich den Namen Jordan aus dem Telefonbuch geangelt hat.

EINS

Als er die Eichhorngasse entlangging, kam ihm Tante Hrbáčková in den Sinn. Allein schon der Name, nicht wahr... Hier irgendwo hatte sie gewohnt. Moment mal, genau hier. Er blieb an zwei Fenstern im Erdgeschoß stehen, hinter denen sich nunmehr keine Wohn-, sondern Lagerräume befanden; er stierte in das Halbdunkel hinter den Fenstern: große Kisten, aber wenn er nun hätte raten sollen, was drin war, und nirgendwo ein Firmenname, kein Logo, nichts. Schon damals, Mitte der sechziger Jahre, war Tantes Wohnung unbewohnbar gewesen, feucht, kalt, er erinnerte sich, daß er sich sogar im Sommer an einer Teetasse gewärmt hatte, die er mit beiden Händen umklammerte. Sieh mal, Alešek, mein Jungelchen, ein Gruß aus dem tropischen Bolivien, pflegte die Tante zu sagen und legte eine Tafel Schokolade vor ihn hin.

Tantes Ehemann, den Professor Hrbáček, hatten die Nazis im Zuge der »Heydrichiade« hingerichtet. Aleš hatte die Tante erst zwanzig Jahre später kennengelernt. Nach einer schweren Gelbsucht mußte er ein halbes Jahr in einem Kindersanatorium verbringen und danach einiges nachholen. So hatte sie ihm Nachhilfe gegeben in allem, was nötig war, und nicht einmal etwas dafür genommen – ich bin doch schließlich deine Tante, oder? Aleš' Mutter hatte der Tante etwa zwei Mal wenigstens ein Geschenk geschickt, was diese jedoch entschieden abgelehnt hatte. Und einmal war Aleš zu Hause im Flur gewesen, er putzte seine furchtbar eingesauten Schuhe, als er durch die Küchentür hörte, wie sein Vater zur Mutter sagte, selbst wenn die Tante bis an ihr Lebensende allen Jordans Nachhilfe gäbe, würde es sich immer noch um reine Wiedergutmachung handeln, um mehr nicht. Damals hatte er es nicht verstanden, und später versuchte Lucie, es ihm zu erklären, es brauchte aber doch noch einige Zeit, bis er sich das alles zusammengereimt hatte.

Erst jetzt wurde ihm klar, was für einen Umweg er eigentlich gemacht hatte. Aber vielleicht war er absichtlich so gegangen, um sich die Tante in Erinnerung zu rufen. Und würde er diese Erinnerung nicht ganz zufällig brauchen, wenn er gleich Seelchen begegnen würde?

Seelchen – so nannten sie alle seit eh und je. Aleš konnte sich nicht entsinnen, daß jemand mal ihren wirklichen Namen gebraucht hätte, und längst hatte er begriffen, daß dieser Ersatzname dieselbe Funktion erfüllte wie die stellvertretenden Namen, die sich Menschen vor langer Zeit für Wesen ausgedacht hatten, die sie fürchteten und deren tatsächliche Namen auszusprechen deshalb nicht ratsam war, ob es nun Gottheiten, Dämonen oder besonders gefährliche Raubtiere, Bären oder Wölfe waren. Seelchen.

Er wußte genau, was er Seelchen sagen wollte. Er hatte es sich sogar zu Hause auf ein Stück Papier geschrieben, um es so genau wie möglich formulieren zu können. Dann hatte er es auswendig gelernt und das Papier verbrannt. Selbstverständlich hatte er sein Kommen telefonisch angekündigt. Sie hatte sich überhaupt nicht gewundert. Ah, du bist es. Komm nur, Aleš, ich werde dich erwarten.

Dann war er über die Talgasse gelaufen, an einem Kiosk mit Blumen gegenüber der Geburtsklinik vorbei, und nach kurzem Zögern drehte er um und kaufte einen Rosenstrauß. Er dachte sich, daß es besser sei, nicht mit leeren Händen zu erscheinen. Aber schon im nächsten Moment wurde ihm bewußt, daß die Blumen im Widerspruch zu dem standen, weswegen er hinging. Er konnte ihr doch nicht erst Rosen überreichen und dann sagen, was er ihr zu sagen hatte. Genau so war's, er konnte nicht gleichzeitig meckern und bellen. Würde er also nicht besser daran tun, die Rosen jetzt hier im Park auf die Bank zu legen, damit sie sich jemand schnappen könnte? Er durchquerte den Park, verlangsamte seine Schritte, aber überlegte es sich schließlich doch anders. Er verließ den Getreidemarkt und kehrte in die Talgasse zurück.

Warum sollte er ihr eigentlich keine Rosen geben? Er kam ja nicht aus persönlichen Beweggründen, sondern weil er es als seine Pflicht erachtete. Und genau das konnten die Rosen ausdrücken: Ich persönlich habe nichts gegen Sie, eigentlich achte ich Sie sogar auf eine

Art. War er denn verrückt geworden? Eigentlich achte ich Sie sogar auf eine Art! Wollte er damit vielleicht sagen, daß er nicht von sich aus kam, sondern ihn jemand beauftragt hatte? Und wer hatte ihn dann wohl beauftragt? Natürlich kam er aus persönlichen Beweggründen. Denn das, was vor fünfunddreißig Jahren geschehen war – genug, wir werden das doch nicht hier auf der Straße, nicht wahr...

Er wechselte auf den gegenüberliegenden Bürgersteig, hob den Kopf, um die Hausnummer zu prüfen, schaute auf seine Armbanduhr und sah, daß er gerade richtig war. Er legte einen Finger auf die Klingel, und fast augeblicklich öffnete sich die Tür mit einem Summen. Er betrat einen kalten Flur, an dessen entferntem Ende ein schmutziges Fenster leuchtete, und bestieg den Fahrstuhl, der wie ein bereitgestelltes Haustaxi wartete. Als er stehenblieb, merkte er jedoch, daß er sich im falschen Stockwerk befand. Zwischen der ersten und zweiten Etage war nämlich noch das Mezzanin, das hatte ihn verwirrt, dazu noch das Halbdunkel im Fahrstuhl, so daß er irrtümlicherweise den Knopf für das zweite, anstatt das dritte Geschoß gedrückt hatte, eine römische Zwei anstelle einer römischen Drei. Ihm dämmerte, daß dies aber nicht nur durch das Mezzanin und die Dunkelheit passiert war, sondern auch dadurch, daß er keine Brille auf der Nase hatte. Und die wiederum trug er deshalb nicht, weil das Seelchen sich einmal despektierlich über brillentragende Familienmitglieder geäußert hatte. Er hätte allerdings nie zugegeben, daß es aus Angst vor

Seelchen war, deshalb redete er sich lieber ein, daß er sie in der Eile vergessen hatte, obwohl er sie sonst immer trug. Er war nicht blind, hatte ja nur anderthalb Dioptrien, aber die Brille trug er immer. Er stieg wieder in den Fahrstuhl und drückte diesmal den richtigen Knopf. Der Aufzugkäfig stieg schwerfällig eine weitere Etage höher und blieb dort mit einem kleinen Ruck erneut stehen.

Er sah eine sperrangelweit geöffnete Tür, und aus den Tiefen der Wohnung ertönte sofort eine Stimme, die ihn hereinbat. Er fand sich in einem großen Flur wieder, wo man gut und gern einen Tennisplatz hätte einrichten können. Ein paar Schritte hinter der Schwelle blieb er stehen, schaute sich um und bemerkte ein Gruppenfoto, das eingerahmt an der Wand hing. Merkwürdigerweise erwachte in ihm sofort die Sehnsucht festzustellen, was das war, und er trat näher heran. Da erschien aber auch schon das Seelchen, und sie lächelte, als sie sah, daß er die Fotografie betrachtete. Sie sagte nichts, gab ihm nur ein Zeichen. Und siehe da, kaum hatte er das Zeichen erhalten, schritt er ihr auch schon entgegen und fühlte zu seinem Entsetzen, wie sie sich mit diesen marionettenhaften und zeremoniellen Bewegungen umarmten. Sie berührten einander mit den Wangen rechts und dann wieder links, das Blumenpapier raschelte dabei laut, und Aleš verging vor Scham. Gleichzeitig wurde ihm mit Schrecken bewußt, daß er zugleich auch die wahre Wonne von Sicherheit und Gewißheit empfand, wie es jedem erging, der sich Seelchen auf so gefährliche Weise näherte, ach, was für eine Hölle unsere Gefühlswelt doch ist! Erst dann nahm Seelchen den Strauß entgegen, schob das Seidenpapier nach unten und sagte, daß es wunderschöne Rosen seien. Sie ließ Aleš eine Weile stehen, um die Blumen in eine Vase zu stellen. Als sie zurückkam, öffnete sie ihm die Tür zu einem der Zimmer. Er betrat einen hellerleuchteten Raum (das Fenster ging nach Osten und fing noch die Vormittagssonne ein), ein riesiges Zimmer, das mit einer erlesenen und würdevollen Geschmacklosigkeit eingerichtet war. Auf Seelchens Aufforderung hin nahm er Platz; auf einem kleinen Tisch erwarteten ihn bereits ein Teller mit Kuchen und eine Tasse grüner Tee.

Er hätte sich nicht einmal damit herausreden können, daß er die ganze sorgfältig vorbereitete Rede urplötzlich vergessen hatte. Nichts hatte er vergessen. Wie er so dasaß und von den harten Quarktaschen abbiß und den Tee dazu trank, schwebte ihm die Rede vor Augen, so daß es genügt hätte, sie abzulesen. Nur daß er kein Wort hervorbrachte. Er verspürte die altvertraute Hilflosigkeit.

Warum war er dann gekommen? Um eine Tasse grünen Tee zu trinken und zwei Quarktaschen zu essen? Um Seelchen zu umarmen? Mehr spielte sich nämlich nicht zwischen ihnen ab. Seelchen begleitete ihn noch zur Tür, und als er am Fahrstuhl stand (der Käfig hatte sich seit seiner Ankunft nicht von der Stelle bewegt), sagte sie ihm, dem Verwirrten, sie habe sich sehr gefreut, daß er gekommen sei, daß er sie alte Person besucht und ihr so schöne Rosen gebracht habe und daß sie sich das für immer merken werde, du ahnst nicht einmal, wie nahe du meinem Herzen stehst, Aleš. Scheiße, fluchte er innerlich.

Er fuhr mit dem Aufzug nach unten, verließ das Haus und kehrte auf demselben Weg zurück, wie er gekommen war. Tagelang hatte er sich darauf vorbereitet, endlich zu Seelchen zu gehen und ihr alles zu sagen, all das, was sie schon längst hätte hören sollen, und dann hätte er auf dem Rückweg bei Lucie vorbeigeschaut und ihr gesagt: Ich hab's geschafft, meine Liebe, und endlich hätte sich das abgespielt, was sich schon längst hätte abspielen sollen (schon als sie klein waren, hatten er und Lucie davon geträumt, daß es einer von ihnen Seelchen eines Tages sagen würde, alles, was sie über sie dachten). Also nichts. Also wieder verschoben.

Als er wieder auf die Eichhorngasse gelangte und die Fenster des Lagers passierte, in dem sich einst die Wohnung von Tante Hrbáčková befunden hatte, schoß ihm durch den Kopf, daß sie wahrscheinlich der einzige Mensch gewesen war, der sich aufzulehnen vermochte. Still, bescheiden, unauffällig, und doch ungeheuer mutig. Gleich nach dem Krieg hatte sie sich ganz entschieden dagegen gewehrt, daß der Name ihres hingerichteten Mannes als Aushängeschild der Familie diente. Als 1956 dann geschah, was geschehen war, hatte sie es abgelehnt, sich daran zu beteiligen, sie reagierte nicht auf Seelchens Befehl, ging einfach nicht hin. Und das war die angeblich so große Schuld, von der der Vater damals gesprochen hatte: Sie schuldete der Familie den blinden Gehorsam.

Sie lebte dann vergessen vor sich hin, von einer winzigen Rente, und es mag unglaublich klingen, doch irgend jemand aus der Familie hatte sogar dafür gesorgt, daß sie nichts von ihrem hingerichteten Ehemann bekam und ihre Witwenansprüche verlor. Mit den Nachhilfestunden hatte sie sich ein Zubrot verdient. Sie hatte aber nur ganz wenige Schüler und nahm auch nicht viel für den Unterricht, wenn überhaupt. Aleš hatte sich einmal mit Lucie über sie unterhalten.

Weißt du überhaupt, daß sie kein Grab auf dem Zentralfriedhof hat? Man ließ ihre Asche verstreuen, um sie nicht im Familiengrab beisetzen zu müssen.

Zu gern würden sie über die Lebenden und die Toten herrschen, hatte Lucie gesagt. Es ist also an der Zeit, daß wir da hineintreten. Hörst du? Hörst du, Aleš? Treten wir ein?

Zwei

Gleich unterhalb des Wilsonwalds und in unmittelbarer Nachbarschaft der märchenhaften Villa des Architekten Dušan Jurkovič setzt sich unsere Geschichte mit dem nächsten Kapitel fort. Hier hat sich nämlich der ehemalige Staatsanwalt und heutige Unternehmer Doktor Evžen Jordan – im folgenden nur Evžen genannt – 1990 ein Einfamilienhaus gekauft, renoviert und ausgebaut, und über dem ersten Stockwerk hat er einen nicht besonders hohen, dafür um so breiteren Turm errichtet, den er Rotunde nannte und mit einem gläsernen Atelierdach versah, so daß er sich, wenn er abends die Augen an die Decke gerichtet auf dem Teppich lag, wie in einem Brunnen vorkommen konnte – er sah die Sterne.

Ein Nachmittag im Frühjahr 1991. In Evžens Garten schreien Pfauen, und an der Pforte stehen Aleš und Lucie. Dies ist der entscheidende Moment in Aleš' Leben, und er weiß es gut, alea iacta est, denkt er in seinem Oberstufenwahlkurslatein. Lucie drückt die Klingel, und Aleš schreit im selben Moment mit den Pfauen. – Und das Behexende dieser Botschaft, die er so der Welt anvertraut hat, berührt das Himmelsgewölbe, das sich augenblicklich mit pelzigen Wolken bezieht.

Evžen schreitet durch den Garten, hebt überrascht den Kopf, streckt die Hand aus, und in seine Handfläche plätschert der erste Tropfen.

Ich grüße euch, Kinder! Kommt, ich glaube, es geht gleich los!

Aleš und Lucie fassen sich an den Händen und laufen los, während unmittelbar hinter ihnen ein Vorhang fällt, der den Rückweg versperrt. Aber den Hausherrn, der durch die Unterbringung der aufgeregten Pfauen im Stall etwas aufgehalten wurde, nimmt der heftige Regenguß in seine kalte Zange, so daß sich Evžen, als er sich endlich ins Vestibül durchgeschlagen hat, entschuldigt – er müsse sich erst umziehen.

Lucka, führ unsern Gast derweil doch mal nach oben.

Aleš schaut sich im Vestibül um. Es hätte ebensogut ein Auktionssaal oder ein Lager für Autoreifen von Michelin sein können, aber es ist nur die Eingangshalle eines Einfamilienhauses und auch so etwas wie eine Privatgalerie.

Das kann doch kein Original von René Magritte sein?

Warum nicht? Lucie lacht. Es hat dreimal soviel wie das ganze Haus gekostet.

Aleš betrachtet das Bild, auf dem ein Hecht in Torpedogröße durch ein Loch in der Tür in eine idyllische Landschaft schwimmt, die von einem blühenden Apfelbaum dominiert wird.

Ach, Aleš, Lucie lacht immer noch, natürlich ist das

kein Original, sondern eine Meisterkopie! Und sie ruft den Aufzug, ein apartes Stück protziger Geschmacklosigkeit, der sich dann mit Ach und Krach bewegt und sie gemächlich zwei Etagen höher befördert, das heißt in den Turm.

Holzgetäfelte Wände, Fußboden mit Intarsien, die an ein riesiges Silhouetten-Puzzle erinnern, ein runder Tisch mit Repliken gotischer Stühle, ein verglaster Erker auf der dem weitläufigen Garten zugewandten Seite und drei Sessel am Kamin, der jetzt nicht brennt, sondern nur obskure Finsternis ausstrahlt.

Sie lassen sich in den Sesseln nieder. Lucie reicht Aleš das Zigarrenetui und Feuer, und auch er bietet ihr eine an, gibt ihr Feuer und legt das ziselierte Etui auf den Kaminsims zurück.

Die Uhr schlug, rezitiert Aleš. Die Samen der Schatten. Sie wachsen nicht. Sie haben keine Erde. Brot wird es geben. Sie eilen in den Tod der Mühlen.

Präziser ausgedrückt: Ich glaube, du hast es erfaßt, stimmt Lucie zu. Papa hat echt lange gezögert, ob er hier nun eine Bibliothek oder eine Ahnengalerie einrichten will. Dann hat ihm jemand erklärt, daß die Zeit der Bibliotheken längst vorbei sei.

Und er hat recht gehabt! Aleš nickt. Schon bald werden sich alle Bücher in Mikrofiches, Disketten oder Tonaufnahmen verwandeln.

Also hat er Anderle bereits bezahlt.

Was, Jiří Anderle?

Er hat Anderle dafür bezahlt, daß er nach Daguerreotypien Porträts von vier unserer Vorfahren aus der Gründerzeit malt. Genauer gesagt, keine Porträts, sondern vier lebensgroße Gestalten. Lucie deutet auf die noch leeren Wände um sie herum. Sofort steht Aleš auf und schreitet mit der Zigarre zwischen den Zähnen die Turmwände ab, wobei er sich theatralisch vier Mal vor den leeren Wänden verbeugt. Draußen fällt immer noch das Wasser mit unermüdlicher Hartnäckigkeit und schlägt auf das Atelierdach, was dem Zimmer das eigentümliche, feuergefährliche Halbdunkel verleiht, in dem die Zeit zusammen mit der Asche der Zigarren bröselt.

(Und wir nutzen derweil die Klammer, um mitzuteilen, daß Lucie hier nicht wohnt, sondern schon vor Jahren zu Aleš gezogen ist, wo sie einfach so leben, ohne den Segen der Familie und darüber hinaus wahrscheinlich auch leicht blutschänderisch, entfernter Cousin, entfernte Cousine, und der heutige Tag soll der Tag der großen Versöhnung sein, da alles in die Familienbahnen zurückkehren soll.)

Ich hätte nie gedacht, daß Pfauengeschrei einen solchen Regenguß in Gang setzen kann. Findest du nicht auch, daß er sich schon ziemlich lange umzieht?

Find ich auch, Alešek. Vermutlich bereitet er irgendeine Erfrischung für uns vor. Du darfst nicht vergessen, daß er seit der Scheidung alleine lebt und bis jetzt noch ohne Personal, weshalb er, wenn er uns etwas anbieten will, zuerst Teller und Besteck spülen muß. Aber vielleicht will er dir auch etwas Zeit gönnen, damit du dich auf ihn vorbereiten kannst.

Was für eine Idee – sich vorzubereiten! Und wenn wir zuerst einen Probelauf machen? Ich bin jetzt dein Papi, und du sei bitte ich. Setz dich in meinen Sessel, okay?

Sie wechseln rasch ihre Plätze und tauschen sogar ihre Zigarren, damit die Illusion perfekt ist. Aleš probiert sofort Evžens krächzende Stimme und Lucie wiederum die von Aleš.

Stop, es geht. Du machst mich perfekt nach, schwört Aleš. Jetzt gönnen wir uns noch ein Päuschen, um die Repliken zu durchdenken, und dann legen wir richtig los.

(Pause)

Aleš (mit Evžens krächzender Stimme): Ich bin Dr. jur. Evžen Jordan, zweiundsechzig Jahre alt, gestern Staatsanwalt, heute Unternehmer, und schon seit dreißig Jahren versuche ich, Lucie davon zu überzeugen, die Finger von Aleš zu lassen, aber zu guter Letzt sieht es so aus, als müßte ich dankbar sein, daß sie keine alte Jungfer bleibt. (Zu Lucie) Na, Aleš, hast du dich endlich bequemt, den alten Vater durch die Hochzeit mit seiner Tochter zu beglücken?

Lucie (ahmt Aleš' Stimme nach): Ich bin Aleš Jordan, einundvierzig Jahre alt, Bibliothekar aus Bílovice, und seit ewigen Zeiten liebe ich meine Cousine Lucie. (Zu Aleš) Yes, ich hab mich gerade entschlossen, Sie mit einer Hochzeit zu beglücken. Ich werde Ihre Tochter heiraten.

Aleš (mit Evžens Stimme): Also, zuallererst solltest

du begreifen, Aleš, daß ich meine Tochter nicht für irgendeinen... wie soll man es anständig sagen... Bibliothekar erzogen habe. Sieh mal, für den Anfang habe ich mir eine Stelle als Filialleiter im Supermarkt für dich ausgedacht. Und wenn du dich ein bißchen ins Zeug legst, hast du in zwei Jahren einen Autosalon, da, wo heute das Café Opera steht.

Lucie (mit Aleš' Stimme): Kommt gar nicht in die Tüte.

Aleš (springt auf): Wie bitte?

Lucie (mit Aleš' Stimme): Wenn Sie einen Schwiegersohn wollen, werden Sie einen Bibliothekar nehmen müssen...

Plötzlich heben beide die Augen zur gläsernen Decke. Der laute Regen hat mit einem Mal aufgehört, und der Raum erhellt sich.

Was für eine heftige Stille, nicht wahr?

Nicht ganz, hörst du? bemerkt Lucie. Da ist jemand gekommen ... Das Tor geht auf ... Der Wagen fährt über den kleinen Weg... Er parkt... Jemand betritt die Halle... Und jetzt der Fahrstuhl...

Aleš und Lucie wenden die Köpfe in Richtung Aufzug, in der Wand öffnet sich eine Tür, aber Evžen tritt nicht ein. Er macht ein ernstes Gesicht – genau so, wie ihn Lucie zuletzt gesehen hatte, als er im Sommer des Vorjahrs in fünf Tonnen Inlineskates investierte, die aber leider nicht der Hit der Saison wurden. Er war damals zu früh damit gekommen.

Der Fahrstuhl ist nur für eine, höchstens zwei Personen gedacht, so daß sie in der Kabine dermaßen eingequetscht sind, daß sie sich alle drei gegenseitig in die Münder hauchen, und der Mistkerl Evžen müffelt tragisch. Aleš wird dadurch klar, daß Teil der Familie zu werden auch physisch eins mit ihr zu werden bedeutet, und er spürt, wie ihm das gegen den Strich geht.

Schon im Fahrstuhl und auf dem Weg hinaus erklärt ihnen Evžen geschwind, was passiert ist. Nachdem er die Pfauen im Stall untergebracht und sich umgezogen hatte, klingelte das Telefon. Es war das Sankt-Annen-Krankenhaus, wo man Seelchen nach einem Schlaganfall gerade hingebracht hatte (als er »Schlaganfall« sagte, spuckte er Aleš gehörig in den Mund, und dieser Speichel blieb sofort an seinem Gaumen kleben wie das miniaturisierte, vom Schlaganfall gelähmte Seelchen, und Aleš rollte wütend die Zunge und steckte sie in einen hohlen Zahn), und weil Evžen ahnte, wie es wohl im Krankenhaus zuging, hatte er beschlossen, augenblicklich einzugreifen. In dem lauten Regen hatten Aleš und Lucie ihn nicht wegfahren hören.

Sie verließen den Fahrstuhl, durchquerten die Halle, und gleich an der Tür wartete Evžens Volvo mit laufendem Motor.

Obwohl sich die Zeiten schon längst wesentlich geändert hatten, war Seelchen für die Familienangehörigen (zumindest für diejenigen, die noch wußten, was es bedeutet, ein Familienangehöriger zu sein) wie ein Augapfel, und so waren Evžen, als er von Seelchen erfahren hatte, Aleš und Lucie sofort aus dem Gedächtnis gepurzelt, er hatte sie in dem Moment vergessen, so hatte ihn alles mitgenommen.

Im Krankenhaus stellte er fest, daß alles so war, wie er es erwartet hatte. Man hatte Seelchen in ein Zimmer verfrachtet, in dem es von Patienten wimmelte wie von Würmern in schimmelndem Käse, und manche pfiffen bereits aus dem letzten Loch und drehten sich nur noch schreiend auf dem Spieß des Schmerzes. So geht das aber nicht! Natürlich wußte er, wie man so etwas zu handhaben hatte. Binnen weniger Minuten hatte er organisiert, wofür andere Tage gebraucht hätten, und so war es für ihn kein so großes Problem, dafür zu sorgen, daß Seelchen umgehend in ein Zimmer verlegt wurde, in dem sich nur zwei Patienten befanden, ruhig, still, ausgesprochen patiencemäßig.

Seelchen ist zwar bewegungsunfähig, aber sie nimmt alles wahr. Sie ist nicht in der Lage, verständlich zu sprechen, sie schnauft nur, spuckt und krächzt, aber dafür gibt es wieder Evžen, der sie sofort mit einer Dolmetscher-Pflegerin ausrüstet, die auch von abgestorbenen Lippen lesen kann. Durch ihre Vermittlung erfährt er gleich, daß Seelchen Aleš sehen möchte.

Evžens Parkplatz ist noch so warm, wie er ihn kurz zuvor verlassen hat. Dem Typen, der ihn für ihn freigehalten hat, drückt er einen Obolus in die Hand, und schon laufen sie in die Krankenhaushalle. Aus dem Rachen des Hospitals steigen Drachenwinde, und Aleš, eingezwängt zwischen Lucie und Evžen, wird nahezu hineingeschleppt. Er versteht gar nicht, was Seelchen von ihm will, was kann sie von ihm wollen? Es sieht so aus, als hätte er, als er vor einer Woche zu ihr gegangen war, etwas in Gang gesetzt, das jetzt nicht einmal Seelchens Tod aufhalten kann.

Evžen öffnet die Tür. Dort liegt Seelchen, halb sitzt sie, aber sofort bohrt sie ihre Augen in Aleš hinein, kein Zweifel, nur er interessiert sie jetzt. Die Pflegerin beugt sich zu ihr und wendet sich dann an Evžen und dolmetscht ihm Seelchens Gezische und Gekreische: Die Dame wünscht, daß nur ihr Neffe und ihre Nichte hierbleiben, nur mit ihnen hat sie zu reden. Alle anderen sollen sich augenblicklich zum ... Die Pflegerin ist verlegen. Evžen nickt und reagiert. Zwei Krankenhausangestellte kommen herbeigelaufen und tragen zwei protestierende Patienten samt ihren Betten auf den Gang hinaus. Evžen zieht ein speckiges Kartenspiel aus der Tasche, um sie zu besänftigen. Nur Aleš und Lucie bleiben im Zimmer, Auge in Auge mit Seelchen und ihrer nunmehr ziemlich verwirrten Dolmetscherin.

Die Dame wünscht, daß Sie nähertreten, übersetzt die Pflegerin und nickt Aleš zu, der regungslos neben Lucie stehenbleibt. Die Pflegerin wiederholt Seelchens Aufforderung. Geh! Lucie gibt ihm einen Schubs. Was macht das schon? Scheiße, flucht er innerlich, aber er geht. In dem Augenblick taucht die uralte Szene vor ihm auf: Er war sechs, und seine Mutter, an die er sich geschmiegt hatte, öffnete die Arme und sagte: Geh schon, hast du die Tante nicht gehört? So hatte ihn die, die ihn beschützen sollte, dem Schrecken entgegengeschickt. Seelchen hatte damals mächtig breitbeinig dagestanden, und sie deutete mit Gesten – wie jetzt ihre Pflegerin –, wer nähertreten und wer stehenbleiben sollte, wo er stand. Der kleine Alešek wurde so zu der kleinen Lucka geschubst, die einzigen Kinder in einem kleinen Kreis in der Mitte eines Zimmers, aber genug, es ist noch nicht an der Zeit, darüber zu sprechen.

Aleš, im Schlepptau der alten Erinnerung, tritt immer näher, bis er Seelchen so nahe ist, daß er die Blutäderchen in ihrem Auge sieht. Sie hatten sich in Form einer Hieroglyphe oder eines chinesischen Schriftzeichens zusammengefunden. Aleš steht da, und die Hieroglyphe brennt weiter in Seelchens Auge.

Es folgt eine lange Pause, während Seelchen ihre Kräfte für einen langen Monolog sammelt (sie holt scheppernd Luft), der, als er zischend und krächzend in Gang gekommen ist, ein ordentliches Tempo hinlegt. Seelchen versucht etwas auszusprechen, was sie vermutlich dieser Tage und in diesem Zustand intensiv beschäftigt, vielleicht ihr Testament und irgendeine Botschaft vom Tor zur Hölle, die sie schon sehr bald geschluckt haben wird, ja, das versteht Aleš, aber warum soll ausgerechnet ich es hören, warum hat sie sich gerade mich als Adressaten ausgesucht?

Aus der Greisin rinnt es in einem fixen Kreischen heraus, daß die Dolmetscherin nur Fetzen einzufangen vermag, und alles wird darüber hinaus noch verkompliziert, weil sie das, was sie dolmetscht, diesmal überhaupt nicht versteht, es ergibt für sie keinen Sinn, so daß sie es nur so lala übersetzt, nur Bruchteile der Sätze, die sich beim ersten Hören überhaupt nicht aneinanderreihen. Auch Aleš versteht es anfangs nicht, er spürt nur die Eindringlichkeit, die Wichtigkeit, die Seelchen diesem Gekreisch beimißt, und das, was die Pflegerin dolmetscht, entwickelt erst später einen Sinn, als er darüber nachdenkt, erst mit dem Abstand setzen sich all die Fetzen wenigstens ein bißchen zusammen. Es dauert noch einen Moment, bis er sich dessen vollständig bewußt wird. Dann weiß er auch, warum Seelchen gerade ihn auserwählt hat. Dann weiß er auch, wozu sie ihn auserwählt hat.

Na?, fragt Evžen, der schon wieder hineindarf. Er ist aber gar nicht so neugierig, überhaupt nicht, es sieht sogar aus, als wäre er vielleicht froh, daß er nicht eingeweiht ist, daß er nicht eingeweiht sein muß. Und schon ist er wieder am Organisieren, was noch zu regeln ist, bevor sie den Rückweg antreten.

Schließlich verabschiedet er sich von Seelchen. Er hält sie mit so viel sorgender Zärtlichkeit in seinen Armen, daß jeder uneingeweihte Beobachter Seelchen für Evžens Mutter gehalten hätte.

Und dann wieder zurück nach Sebrowitz, zurück in Jordans Villa.

Aleš sieht sich erneut im Turm, er sieht sich wieder in der Rotunde, in deren Kamin irgend jemand (Evžen) ein Feuer entfacht hat und jetzt harzige Holzscheite stapelt. Aleš sieht ein Glas in seiner Hand. Er bemerkt auch, daß er vermutlich schon viel getrunken hat. Und wieso ist es schon so spät? Wohin ist ein ganzes Stück vom Tag verschwunden? Wer hat ihn so verschleudert?

Durch die gläserne Atelierdecke glühen bereits die Sterne. Dann dringt ein hartnäckiger Schraubstock in Aleš' Bewußtsein, der seinen Kopf zermalmt: Seelchen hat mich gekriegt!

Was ist?, fragt Evžen wieder. Aber Aleš hält ihm nur das leere Glas hin. Evžen schaut zuerst zu Lucie, die nickt, und so schenkt er ihm noch nach.

Aleš übernachtet in der Rotunde. Lucie und Evžen bereiten ihm eine Schlafstätte auf einer dicken Kamelhaardecke am glimmenden Kamin, sie legen ihn hin (sie schälen ihn aus dem Sessel und schleifen ihn über den Boden, wobei sich ein Fuß unter einem barocken Sekretär verfängt, sie müssen ihn umständlich herauswinden) und nehmen ihm die Brille ab, die sie auf den Kaminsims legen, gleich neben der Schachtel mit den kubanischen Zigarren.

Die Repliken der gotischen Stühle, die um den runden Tisch plaziert sind, sehen von unten wie riesige Menhire aus. Bevor Aleš einschläft, wendet er noch den Blick zur Glasdecke, zu den Sternen. Aber anstelle der Sterne sieht er erneut, wie eine Hieroglyphe aus den blutigen Äderchen glüht. Seelchens Augen schauen in die Rotunde hinein.

Drei

Lucie und ich kennen uns schon schrecklich lange. Ein ganzes Leben. Sie ist meine entfernte Cousine. Wir sind im selben Jahr geboren, nur einige Monate auseinander. Unzählige Male hat man versucht, Lucie die Beziehung mit mir auszureden oder sie zu zerstören, schließlich hat man sogar versucht, sie davon zu heilen, aber alles nur mit einem einzigen Ergebnis: Nachts rief sie im Schlaf meinen Namen – Aleš! Aleš! Sie schrie so durchdringend, daß alle im Haus eine Petition unterschrieben, die an ihren Vater, Dr. Evžen Jordan, appellieren sollte, ihr zu erlauben, mich zu heiraten.

Okay, da habe ich natürlich übertrieben. Niemand hat irgendeine Petition unterzeichnet, denn Lucie, das versteht sich wohl von selbst, hatte auch damals in keinem Mietshaus gewohnt, sondern in Jordans Villa, wenngleich noch nicht unterhalb des Wilsonwaldes, sondern in einer anderen – wer soll sich die alle merken –, jedoch mit einem genauso weitläufigen Garten, in dem es zwar keine Pfauen gab, die sich Lucies Geschrei (Aleš! Aleš!) unisono angeschlossen hätten, aber auch keine Petitionsunterzeichner. Und dann ist sie schon zu mir gezogen.

Aber fahren wir fort. Der Witz war schon längst nicht mehr, daß uns jemand an einer Hochzeit gehindert hätte. Noch vor fünf Jahren vielleicht. Jetzt, im Frühjahr einundneunzig, als Lucie mutig die Vierzig überschritten hatte, waren sie gewillt, sie sogar mit einem Ackergaul zu verheiraten, wenn er nur versprach, keine Pferdeäpfel auf dem Parkett fallen zu lassen. Der Witz bestand also darin, daß ich mir keinen Ruck geben konnte. Erst jetzt, nach dem Fall der Kommunisten und unter veränderten Umständen und Bedingungen, da die Karten ganz neu gemischt waren, hatte ich das Gefühl, daß die Familie keine Macht mehr über mich besaß und daß das, was vor fünfunddreißig Jahren passiert war, das, was in meiner (aber auch Lucies) Kindheit geschah, längst tot war und daß ich mich der Familie wieder nähern konnte. Selbstverständlich habe ich mich geirrt. Die Vergangenheit blieb weiterhin lebendig, und die Familie paßte sich nur munter den veränderten Bedingungen und Umständen an, sie war ein fossiles Ungeheuer, das jederzeit in der Lage war, erneut zu erwachen.

Lucie und ich hatten darauf bestanden, daß es keine großartige Familienhochzeit geben sollte, ja, sogar gar keine Familienhochzeit, und brachten es so schnell wie möglich mit zwei Zeugen als einzigen Hochzeitsgästen hinter uns. Wir hatten dafür gezahlt, daß man uns aus der Hochzeitskolumne in der Zeitung ausließ. Nicht einmal Lucies Vater kannte den Tag, geschweige denn die Stunde. Die Trauzeugen hatten wir buchstäblich von der Straße aufgelesen: einen Buchhalter mit häßlichem Brand im Gesicht und eine Verkäuferin aus dem Elektrohaus in der Johannesgasse, die wir hinterher wieder auf die Straße setzten. Nach der Zeremonie im Rathaus gingen wir einfach in eine Imbißbude, kippten ein paar Schnäpse im Stehen, daß sich uns die Lippen verknoteten, und machten uns dann zu Fuß aus dem Staub. Als ich mich noch mal umdrehte, sah ich, wie uns unsere Trauzeugen ziemlich irritiert hinterherschauten.

Es war so, als kehrte ich nur durch die Hintertür zur Familie zurück und sagte: Meine liebreizenden Verwandten, seht mal da, ich bin zwar wieder bei euch, aber betrachtet mich lieber gar nicht, als wäre ich weiterhin nicht da. So ist es, eine häßliche Halbherzigkeit begleitete all mein Tun seit dem Moment, da ich beschlossen hatte, mich der Familie wieder zu nähern – als würde in mir weiterhin das Gefühl überdauern, daß ich mich mit den Jordans nicht wieder einlassen sollte.

Aber zurück zur Hochzeit. Wenn ich mir in etwas sicher war, dann darin, daß es Lucie und mir keineswegs leid tat, daß wir unsere Hochzeit so nebenbei absolviert hatten. Schon tags darauf hatte ich einen Traum, der unserer Eheschließung so imposante Ausmaße gab, daß es auch Lucie amüsierte.

Wie also sah unsere Hochzeit in meinem Traum aus? Nun, genauso wie ein Fallschirmsprung. Wenn meine Tochter bei dem Sprung ums Leben kommt, hatte mir

Lucies Vater ausrichten lassen, werden auch Sie es nicht überleben! Und falls sie sich einen Arm oder ein Bein brechen sollte, schicke ich meinen Bodyguard zu Ihnen, der Ihnen beides bricht.

Das Flugzeug brachte uns in eine beträchtliche Höhe. Eigentlich war es gar kein Flugzeug, sondern nur ein Holzbrett wie bei einem Kettenkarussell. Oder ein Donnerbalken? Wir saßen nebeneinander, ein Bräutigam und seine Braut, Lucie in einem weißen Hochzeitskleid (auf unserer wirklichen Hochzeit trug sie Jeans und einen Pullover) und ich in etwas Rabenschwarzem. Dann kippte uns das Brett des Kettenkarussells in abgrundtiefe Finsternis – wie in eine Jauchegrube. Ich fiel und schrie bis an die Grenze des Erwachens, an der dünnen Wand, hinter der schon die wirkliche Welt existierte, aber auf einmal wurde der Fall gestoppt, und über mir öffnete sich ein Fallschirm, ich hing in der Luft, eine Marionette, eine bunte Spielfigur, und die Dunkelheit unter mir begann sich zu erhellen.

Unten lag eine riesige Wiese voller Hochzeitsgäste, voller Angehöriger unserer geliebten Familie, Onkel, Tanten, Cousins, Cousinen, die dort herumwirbelten wie Wäsche in der Maschine, und Lucie senkte sich aus der enormen Höhe zu ihnen hinab, sie ähnelte in diesem Moment einem großen weißen Brautstrauß, und ich schwebte wie ein schwarzer Brautstrauß zu ihnen, aber die Luftströmung trug uns nicht in die Mitte der Hochzeitsgesellschaft, sondern riß uns im letzten Augenblick zur Seite. Da wußte ich schon, wohin und was uns dort erwartete. Seelchen hatte auf uns gewartet und zog uns vom Himmel herunter wie Papierdrachen oder als hätte sie uns mit einer Luftangel geschnappt. Lucie und ich begannen verzweifelt zu zappeln und zu zucken, aber es gab kein Entzucken. Seelchen wuchs in die Höhe wie ein vertrockneter Stamm aus dem Boden, und ihr eines Auge schaute Lucie an und das andere mich, und ihre Hände wickelten zwei Knäuel auf, sie zog uns immer näher heran und sah nun aus wie ein riesiges Insekt, wie eine große Heuschrecke, aus deren halbgeöffneter Spalte ununterbrochen grüner Speichel floß.

Evžen akzeptierte unsere Entscheidung, die Hochzeit im stillen und ohne Gäste durchzuziehen, er nahm es mit stoischer Ruhe, doch dann kam er mit einer Überraschung, einem Hochzeitsgeschenk, das wir einfach nicht ausschlagen konnten.

Ihr werdet im Zentrum von Paris untergebracht, auf der Ile de St. Louis, in der Pension Tintin, die beste Referenzen hat. Während der vierzehn Tage werdet ihr täglich mittags und abends in den besten Restaurants speisen und die Zeit in Galerien, Theatern und Kabaretts verbringen können, wie sich das für eine anständige Hochzeitsreise in Paris gehört.

Ich begriff sofort, daß dies die Luftangel aus meinem Traum war. Mein Handeln in dieser Geschichte ist durch zahlreiche Widersprüche charakterisiert – bald trete ich vor irgend etwas entsetzt den Rückzug an, bald stürze ich mich blindlings irgendwo hinein, wobei der

Rückzug und das Hineinstürzen nur zwei Bezeichnungen für dieselbe Bewegung sind. Paris hätte ich natürlich nicht annehmen dürfen.

Dann ging alles Schlag auf Schlag. Wir statteten uns rasch mit allem Notwendigen aus, und obwohl ich es nur ungern zugab, war ich geradezu entzückt, wie einfach plötzlich alles war. Mein Leben lang war es mir nicht gelungen, woanders hinzukommen, weil ich für die kommunistischen Aufpasser doch eine ziemlich verdächtige Gestalt gewesen war, und außerdem hatte ich mir von meinem Gehalt als Bibliothekar und später dann Hilfsarbeiter natürlich keine Reisen leisten können. Und nun auf einmal reichte es, die Koffer zu packen und rechtzeitig am Omnibusbahnhof gegenüber dem Grandhotel zu stehen, von wo der Bus der Fluglinie Brünn–Prag, Flughafen Ruzyně abfuhr.

Da ich schon die Koffer erwähnt habe – die Damen unter Ihnen wird es zweifellos interessieren, was wir auf unserer Hochzeitsreise in Paris anhatten. Ich muß sie enttäuschen, es war wiederum nichts Besonderes, denn wir betrachteten es überhaupt nicht als Hochzeitsreise, sondern als Ausflug nach Paris, mehr nicht. Trotzdem hatte ich Lucie ein bißchen in Verdacht, daß sie in einem der Koffer etwas zusammengefaltet hatte, was sie dann im richtigen Augenblick, falls es so etwas wie einen richtigen Augenblick geben sollte, strahlend auseinanderfalten würde, auf daß die anwesenden Top-Models in Ohnmacht fielen. Von Lucies Pariser Garderobe werden Sie von mir also nicht viel erfahren, reden wir statt dessen von einem lästigen Gepäckstück, das wir nolens volens nach Ruzyně mitnehmen mußten.

Wie habe ich auf die Hochzeit meines kleinen Mädchens gewartet und dann nicht einmal daran teilhaben dürfen – also gönnt mir jetzt wenigstens diese Kleinigkeit. Was meinen Sie, Aleš? Am liebsten würde ich euch mit dem Wagen zum Flughafen bringen, aber ich sehe schon, wie ihr den Kopf schüttelt, und deshalb werde ich mich auf Distanz halten, sagt man das so? Ich werde ein Mäuschen-Papi sein, ihr bekommt nichts von mir mit, ich werde euch zum Flughafen begleiten und mir dann erlauben, eurem Hochzeitsflug noch zuzuwinken.

Und tatsächlich: Er saß hinter uns im Bus, ohne sich zu uns zu bekennen, und den ganzen Weg von Brünn bis zum Prager Flughafen hörten wir nur das Rascheln seiner Zeitung und nur einmal das Aufschrauben eines Fläschchens und ein gedämpftes Aufstoßen. Während wir in der Abflughalle warteten, hielt er sich zwar bei uns auf, was aber zugegebenermaßen von Nutzen war, denn er beriet uns, wenn nötig, und immer äußerst korrekt, wobei er deutlich machte, daß er mich nicht für einen Dummkopf hielt, der sich etwa nicht zu helfen wußte, so daß es eine Gemeinheit von mir ist, ihn hier als lästiges Gepäckstück zu bezeichnen.

Im Terminal, wo riesige Koffer in Gepäckwagen hin und her gefahren wurden und Menschen unentwegt umherirrten, sich zusammenfanden und wieder auseinanderströmten, machte er eine ruhigere Café-Ecke mit Stühlen für uns aus, und als er uns frische Croissants, Kaffee, Mineralwasser und die Le Monde vom Vortag brachte, beschlich mich allmählich das Gefühl, daß ich womöglich viel leichter in die Familie paßte, als ich es mir vorgestellt hatte, immerhin war mein frischgebakkener Schwiegervater ein zuvorkommendes Kerlchen zum Knuddeln, und so wollte ich mir Seelchen einfach aus dem Kopf schlagen, dieses halbtote Weibsstück, das vielleicht einst, in der Zeit meiner Kindheit, eine wahnsinnige Macht besessen hatte, aber jetzt in den letzten Zügen lag, und die königliche Verehrung, die man ihr noch immer erwies, überdauerte nur noch als leeres Ritual und mehr nicht.

Wir hatten einen Stapel Reiseführer mitgenommen, aber als ich sie nun auf dem Cafétisch in der stillen Ecke der Halle ausbreitete, erklärte mir Evžen, daß all diese Baedeker einen grundsätzlichen Fehler hätten, sie würden nämlich, diese Schlawiner, so gern den Eindruck erwecken, als wären sie unverzichtbar und als könnte man sich ohne sie in Paris nicht orientieren. In Wirklichkeit ist aber alles viel einfacher, als ihr es dort lest. Es ist nämlich so: Es gibt die komplizierteren und die einfacheren Varianten. Mit den komplizierteren verteidigen die Touristenhandbücher ihre Existenz, und die einfacheren wiederum kennt jeder, der schon einige Male in Paris war. Evžen führte uns auf einer Papierserviette vor, wie einfach wir uns zum Beispiel auf dem Flughafen Charles de Gaulle, wo unser Flugzeug landen sollte, orientieren und wie leicht wir dann von dort ins Zentrum von Paris und zu unserer Pension gelangen konnten.

Darf ich noch etwas sagen?, fragte Evžen, wie er so in Fahrt gekommen war. Lassen Sie sich, Aleš, niemals einreden, die Welt sei kompliziert. Seit Babel bis zum heutigen Tag schießen Bibliotheken wie Pilze aus dem Boden, und ihre kumulierte Weisheit ist eine sehr schöne und liebenswürdige Sache, ein Quell unzähliger geistiger Freuden, aber – und Sie müssen mich entschuldigen, Aleš – sie geht am Wesen des Weltalls völlig vorbei. Der ganze Witz liegt doch darin, daß im Leben nur der Erfolg hat, der weiß, daß absolut alles vollkommen einfach ist.

Daraufhin faltete er die Papierserviette, die uns die Orientierung auf dem Pariser Flughafen und in Paris selbst erleichtern sollte, zu einem kleinen Rechteck zusammen und schob sie in eine der kleinen Taschen meiner rostfarbenen Jacke. Dann schaute er auf seine Armbanduhr, und ich hatte auf einmal das Gefühl, daß er verlegen wurde. Es war unglaublich, wie bei ihm eine Stimmung in eine andere umschlug! Er fragte, ob es uns nicht störe, wenn er sich eine anstecke. Bis dahin hatte ich ihn für einen Nichtraucher gehalten. Er betrachtete eine Weile das glühende Ende der Zigarette, bevor er endlich sprach.

Sie werden jetzt wahrscheinlich das Gefühl haben, Aleš, daß ich Sie hintergangen habe. Daß ich mich eingeschlichen habe, um Ihnen jetzt ins Gewissen reden zu können. Ich gebe zu, es ist so. Evžen hob beide Arme mit geöffneten Handflächen und legte sie wieder auf den Tisch zurück. Aber keine Angst, ich mache es ganz kurz. Ich weiß nicht, was Seelchen Ihnen gesagt hat, aber ich weiß, daß sie sich schon seit geraumer Zeit große Sorgen um uns alle macht und daß es sie bekümmert und quält! Ja, Aleš, zu Tode quält! Sie haben es ja selbst gesehen. Auch wenn wir schon immer viele Vorbehalte ihr gegenüber hatten, in diesem Augenblick ist klar – und ich hoffe, uns allen ist klar –, daß wir riesiges Glück gehabt haben, daß sich ein Mensch von ihrer ethischen Kraft und Größe unter uns gefunden hat. Und so wollte ich Sie, Aleš, bitten, ja, Sie hören richtig: bitten!, kommen Sie Seelchen entgegen, egal, was sie von Ihnen verlangt. Es wird ganz bestimmt auch in Ihrem Interesse sein. Vergessen Sie auch nicht, daß Ihnen, sollten Sie irgend etwas brauchen, jedes Familienmitglied jederzeit zur Verfügung steht.

Hatte Evžen etwa damit gerechnet, daß ich ihm jetzt, kurz vor dem Abflug nach Paris, anvertraute, was Seelchen mir gesagt hatte? Nein, das glaube ich nicht. Außerdem bin ich mir fast sicher, daß er in Wirklichkeit alles ganz genau wußte. Aber es geht noch weiter. Denn das, was Seelchen mir mit Hilfe ihrer Dolmetscherin anvertraut hatte, war schon längst fällig. Offensichtlich hatte man nur darauf gewartet, daß sie endlich damit herausrückte, auf wen der Strahl ihrer Zuneigung fiel und wen sich Seelchen erwählen würde. Mit ihrer Entscheidung hing wahrscheinlich auch das Hochzeitsgeschenk zusammen, die Reise nach Paris. Somit wurde mir Gelegenheit gegeben, mich für eine Weile zurückzuziehen, um Abstand von allem zu gewinnen, um Zeit zum Überlegen zu finden, um danach zurückzukommen und mich aussprechen zu können.

Nur noch eine halbe Stunde bis zum Abflug. Evžen hatte sich von uns verabschiedet, und wir gelangten zum Ende der Halle, wo wir nur noch unruhig sitzen oder herumstehen und mit den anderen Ausschau halten konnten, welches Flugzeug für uns bereitgestellt wurde und ob wir mit einem Minibus zu ihm gefahren oder durch einen Rüssel, eine Ziehharmonika an Bord gelangen würden, wie ich es in einem Film gesehen hatte.

Mich erwartete mein erster Flug, aber anstatt mich zu freuen und vor Neugierde zu brennen, fragte ich mich bang, wie wohl mein neurotischer Organismus auf dieses Trampolin, auf den steilen Weg nach oben reagieren würde. Wird er mir nicht wieder ein Schnippchen schlagen, mich mit dem Inhalt meines Magens bewerfen oder noch etwas viel Schlimmeres mit mir anstellen, so daß ich mich in einer dieser typischen Situationen wiederfinde, wo ich nur hilflos zusehen kann, wie meine Physis treibt, was ihr gerade in den Sinn kommt, und mich nur als Zeugen benutzt? Bevor ich mir selbst aber diesen ganzen Fragenkatalog beantworten konnte, schälte sich jemand aus der Gruppe derjenigen heraus, die am großen Fenster standen und das Rollfeld beobachteten, und kam langsam auf mich zu.

Wir haben uns schon lange nicht mehr gesehen, nicht wahr, Aleš? So lange, daß du vermutlich nicht mehr weißt, wer ich bin, hab ich recht? Du fliegst doch irgendwohin, gib's zu! Nach Paris, stimmt's?

Er kam mir bekannt vor, ich spürte, daß ich ihn irgendwoher kannte. Es war aber ein Gefühl, das eher die Kehle zuschnürt als die Zunge löst. Ich hatte absolut keine Ahnung, wo ich ihn schon mal gesehen hatte, wußte dafür aber mit Sicherheit, daß ich ihm liebend gern den Rücken zugekehrt hätte, wenn ich es nur geschafft hätte. Ich hatte mich aber noch nie vor aggressiver Dreistigkeit schützen können, es stand nicht in meiner Macht, mich zu widersetzen. Das hatte er längst begriffen, und so fuhr er mit offensichtlichem Genuß fort. Er sah sich unter den Anwesenden um und zeigte auf mich.

Können Sie sich vorstellen, daß dieser unser Weltenbummler noch vor gar nicht so langer Zeit Hundekacke von der Straße gesammelt hat, und heute schon fliegt er nach Paris! Jawohl, das nenne ich Karriere! Tausende von Erfindern sind baden gegangen, und die Sterne sind nicht von ihrer Bahn abgewichen, aber unser Reisender hier hat gestern noch Ställe ausgemistet, und heute spielt er auf einer Laute!

Es war ein Zirkus, eine Schmierenkomödie, eine Jahrmarktproduktion, was er da darbot. Er gab mich der öffentlichen Belustigung preis. Eine ähnliche Situation hatte ich des öfteren in der Fabrik erlebt, wo ich nach meinem Rausschmiß aus der Bibliothek gelandet war, und da ich ein sehr ungeschickter Hilfsarbeiter war, war ich dort unfreiwillig zum Clown geworden, auf dessen Kosten sich alle amüsierten, wobei ich ihren Spaß durch meine Reaktion nur noch steigerte: eine ganze Skala von mimischen Angstbekundungen wanderte über mein Gesicht. So war es auch jetzt. Ich war so gelähmt, daß ich gar nicht mehr zur Kenntnis nahm, daß inzwischen ein weiterer Akteur in die Manege getreten war. Dafür wurden alle um mich herum noch aufmerksamer. Der neue Akteur nämlich war meine Frau.

Gerade als mein Peiniger (immer noch ging mir durch den Sinn, daß ich ihn von irgendwoher kannte) den Umstehenden erklärte (denn da hatte sich schon ein Kreis um uns gebildet), daß der wirkliche Grund, weshalb ich nach Paris flog, ebenjene Hundekacke sei, da der Pariser Stadtrat doch eine wirksame Methode suche, der Hundehaufen auf den Grands Boulevards Herr zu werden, gerade in dem Moment schaltete sich meine Frau ein.

Falls es Ihnen, mein lieber Herr, noch niemand gesagt hat: Genau Sie sind die Hundekacke, die endlich jemand aus dem Weg räumen sollte...

Das konnte Lucie. Beide waren wir vom selben Erlebnis gezeichnet, von derselben bösen Erfahrung vor fünfunddreißig Jahren, aber jeder auf seine Art. Meine Unfähigkeit, mich zu wehren, sobald ich in einen Kreis gefühlloser Gaffer geriet, und Lucies mutiger Ausbruch, das waren unterschiedliche Reaktionen, an deren Anfang dieselbe alte Situation stand, nur unterschiedlich verarbeitet. Mich würgte dieser Kreis, Lucie konnte sich ihm entgegenstellen.

Nach Lucies Auftritt erstarrte mein Peiniger für einen Moment, aber fast augenblicklich kam er wieder zu sich und zögerte nicht, auch Lucie rabiat anzugreifen. Ich weiß jedoch nicht, was er noch zu sagen vermochte, denn da trat noch ein dritter Akteur hinzu.

Auch er schälte sich aus den Umstehenden heraus, und alle begriffen sofort, daß die Produktion jetzt in Schwung kam, etwa so, wie wenn ein Feuerschlucker mit einer großen brennenden Fackel in die Manege läuft. Aber nein, doch nicht, zurück, ich korrigiere! An seinem Auftritt war nämlich überhaupt nichts Theater-, Rummelplatz- oder Zirkushaftes. Er war die Noblesse selbst. Und wenn Sie es nicht erlebt haben, können Sie sich kaum vorstellen, welche Rasanz ruhige und selbstbewußte Noblesse und eine genaue Wortwahl im richtigen Augenblick besitzen. Oh, seufzte das Publikum und schaute noch einen Moment verzückt drein. Damit endete aber zugleich die Vorführung. Der Kreis löste sich auf, mein Peiniger zog sich schnell zurück, und die Schaulustigen steckten ihre Hände in die Taschen, drehten sich um und glotzten wieder aufs Rollfeld.

Ich habe die Familie Jordan schon immer bewundert, sagte der Gentleman und unser Retter. Was für ein Glück, in sie hineingeboren zu sein, und was für ein Glück für die Familie, daß gerade Sie in sie hineingeboren sind, fuhr er mit einer leichten Verbeugung zu Lucie, aber auch zu mir gewandt, fort. Ich fliege auch nach Paris, aber ich hätte es nie gewagt, mich in Ihre Gesellschaft einzuschleichen, und so ist es mir eine Ehre gewesen, mich Ihnen wenigstens auf diesem Wege nähern zu dürfen. Nun aber werde ich mich rasch wieder zurückziehen, und Sie werden weder unterwegs noch in Paris von mir hören.

Das geht aber nicht, sagte Lucie schnell, Sie können uns doch nicht so einfach im Stich lassen. Da trifft man schon einmal einen richtigen Gentleman, und er fegt wie ein Fuchs seine Spuren weg.

Wenn es Sie also nicht belästigt, sagte der galante Ritter sichtlich verlegen, in der Nähe des Centre Pompidou befindet sich das Café Beaubourg, Sie werden sich leicht durchfragen können, und sollte es der Zufall so wollen, daß Sie am zweiten Tag Ihres Aufenthalts etwa um elf Uhr vorbeikommen, werden Sie mich dort finden.

Ich denke, der Zufall wird es ganz sicher wollen, sagte Lucie.

Vier

Sie flogen in einem Flugzeug der Air France mit französischem Personal, und so fragte Aleš die Ste-wardeß in seinem wißbegierigen Französisch, wohin zu den Plätzen Nummer soixante-douze et soixante-treize? Die Stewardeß verstand ihn zwar und schenkte ihm ein freundliches Lächeln, antwortete jedoch auf Englisch.

Siehst du, sie hat deine Bemühungen gewürdigt, sagte Lucie, aber aus irgendeinem Grund denkt sie, daß deine Muttersprache doch eher Englisch ist.

Gleich nach der kurzen Konversation mit der Flug-begleiterin erlosch Aleš' Interesse an allem um ihn herum für eine Weile (er vergaß sogar, daß sich beim Abheben sein Magen umdrehen und seine Gedärme ver-knoten sollten), weil ihn erneut der Gedanke quälte, daß er dieses Schandmaul, das ihn auf dem Flughafen an-gegriffen hatte, von irgendwoher kannte, klar, er kannte ihn, den Mistkerl, er hatte ihn schon früher mal getrof-fen, nein, so war es nicht, das konnte er nicht behaupten, aber irgendwo mußte er ihn gesehen haben, nur gese-hen, dafür aber an einem Ort, der auf seine Art wichtig gewesen war, irgendwo in Nähe der Familie, ganz be-stimmt war er kein ehemaliger Mitschüler oder dergleichen. Aleš versuchte, sich auf sein Gedächtnis zu stützen, das sich aber nun als Wanderdüne erwies.

Na, wie ist es?, fragte Lucie, die im Gegensatz zu Aleš nicht zum erstenmal flog.

Was meinst du?, fragte Aleš verwundert. Ach so, alles okay.

Wie wär's, wenn du endlich mal aus dem Fenster gucken würdest?

Heilige Eilige, alles unter uns ist wie aus Wolken gemauert! Wird es den ganzen Weg über so sein, meine erlauchte Herrin?

Ich fürchte, Eure Durchlaucht, bestätigte Lucie, daß es wohl nicht lichter wird.

Der Flug dauerte vierundachtzig Minuten, und Aleš, der sich schließlich ganz darauf einließ (das Gesicht jenes Verleumders blähte sich auf wie eine Seifenblase, zerplatzte und verschwand), fand, daß es am interessantesten war, die anderen Passagiere, die Stewardessen und überhaupt den ganzen gedämpften Betrieb um sich herum zu beobachten, denn draußen gab es nur Wolken satt, und falls Aleš sich vorgestellt hatte, vor der Landung die Fluгansicht von Paris zu genießen, guckte er statt dessen nur in die Röhre, und plötzlich war der Flughafen Charles de Gaulle da, und sie waren in Paris beziehungsweise dreißig Kilometer vor Paris.

Nachdem sie gelandet waren und ihr Gepäck vom Förderband gesammelt hatten, schleppten sie es nicht wie die meisten Passagiere zu Ausgang Nummer fünf, sondern gingen direkt zu Nummer vier, wohin sonst niemand ging, wo aber, wie sie von Evžen erfahren hatten, die Taxen für Eingeweihte, Versierte und Reiseexperten standen, mit einem Wort: die für die Evžens dieser Welt. Es stand jedoch nur eine dicke Säule da, an der ein noch dickerer Kater saß, der sie mißtrauisch beäugte. Aleš fischte die zu einem kleinen Viereck gefaltete Serviette mit Evžens Gekritzel aus der Tasche und breitete sie unter der geschärften Aufmerksamkeit des Dicken auf dem Betonsockel aus, wurde jedoch nicht schlau daraus, und so zerknüllte er sie zu einem Kügelchen, das er nach dem Kater warf.

Sie kehrten zum Ausgang Nummer fünf zurück und gelangten von dort mühelos mit dem Bus auf den Place de l'Étoile, wo sie in die Métro hinunterstiegen, sich erstaunlich schnell orientierten und zum Rathaus fuhren. Über eine Brücke erreichten sie schließlich die Ile de St. Louis.

Die Pension Tintin war eher klein und bescheiden, dafür konnte man ihr eine glücklich gemütliche Ausstrahlung nicht absprechen. Aleš fürchtete zwar zunächst, daß ihnen ähnliches widerfahren würde wie am Flughafen mit dem Kater und sie sich erneut davon überzeugen müßten, daß auf Evžen kein Verlaß war, aber an der Rezeption erfuhren sie, daß man sie erwartet hatte und ein vierzehntägiger Aufenthalt im Doppelzimmer mit Frühstück für sie gebucht und bezahlt worden war.

Das Zimmer befand sich im zweiten (und zugleich

obersten) Stockwerk. Durch eine Baulücke zwischen zwei Häusern, die wie auf Kommando auseinandertraten, konnte man die Seine mit der Ile de la Cité sowie eine Apsis der Kathedrale Notre-Dame sehen.

Aleš konnte sich nicht vom Fenster losreißen: Ich hätte nie geglaubt, daß ich das jemals sehen würde!

Und wenn du dich beeilst, werden wir noch hundertmal mehr sehen!

Sie packten aus, duschten, zogen sich um und gingen los – zu Fuß am linken Seineufer entlang. In beiden Richtungen kamen Radfahrer und Fußgänger vorbei, es war Freitag nachmittag, das Pariser Wochenende war angebrochen und verschluckte sie, sie wurden zu seinem Bestandteil. Der Spaziergang an der Seine war das Schönste, was sie sich für ein erstes Kennenlernen von Paris hätten ausdenken können. Sie gingen in Richtung Eiffelturm und blieben alle paar Meter stehen – Aleš bei den Bouquinisten, wo er in der Erstausgabe von *Der Schaum der Tage* von Vian blätterte, als Lucie auf die Brücke Alexander III. trat, aber schon kurz darauf einen Pfiff ausstieß – Aleš hob den Kopf und legte das Buch zurück –, damit er Steigbügel für sie machen konnte, da sie ins Maul irgendeines Brückenungeheuers fassen wollte.

Es war zweifellos ein herrlicher Tag. Aleš stellte fest, daß die Seine vielleicht gar nicht so breit war wie die Moldau, aber die zu beiden Seiten weiß leuchtenden Häuserfassaden mit bunten Jalousien waren ein Spektakel, das er auch von Prag her nicht kannte.

Als sie sich dem Eiffelturm näherten, überquerten sie die Brücke zu den Springbrunnen auf dem Trocadéro, hinter denen sich gerade eine wirkliche oder fingierte (Werbung?) Hochzeit auf dem Rasen abspielte. Eine schöne Japanerin im Hochzeitskleid mit einer langen weißen Schleppe und mit Geleit posierte auf jede erdenkliche Art inmitten des Smaragdgrüns und emsiger Fotografen. Lucie und Aleš blieben lange stehen und beobachteten diese öffentliche Darbietung, während die Pariser ihr nicht die geringste Aufmerksamkeit schenkten.

Sie absolvierten die Schlange an der Kasse des Eiffelturms und fuhren mit dem Aufzug in die zweite Etage, wo sie sahen, wie der Turm von Montparnasse zum Greifen nah war, aber auch die Sacré-Cœur und ihre St.-Louis-Insel, wie sich alles in einem Ring um den Eiffelturm konzentrierte, und sie beschlossen, noch einmal zurückzukommen, am letzten Tag vor ihrem Abflug nach Hause, dann würden sie mit dem Lift in die dritte Etage fahren, bis an die Spitze des Eiffelturms, um sich ein letztes Mal all das anzuschauen, was sie während der vierzehn Tage geschafft hatten.

Als sie den Turm verließen, begann es leicht zu nieseln, und Aleš kamen sofort die berühmten Verse von Verlaine in den Sinn (es weint in meinem Herzen, wie wenn es auf eine Stadt regnet), und ihm wurde klar, daß Paris ein Harmonium war, man brauchte immer nur das passende Register zu ziehen.

Vom Trocadéro nahmen sie wieder die Métro, und

da es inzwischen zu regnen aufgehört hatte, stellten sie sich noch in die Schlange, um Notre-Dame zu besichtigen.

Das Innere der Kathedrale war monströs vollgestopft, es brodelte dort von Touristenfleisch, Abertausende brennender Kerzen verhüllten die Sicht, und die Menschenmassen formten sich rings um die Steinsäulen zu Klumpen wie saure Milch. Trotzdem bewahrte der Raum auf wundersame Weise seine Monumentalität und Schönheit eines großen dunklen Kristalls. Uff, sagte Aleš, als sie nach einer halben Stunde wieder rausgekrochen kamen und er rückwärts ging, um den Blick auf die Türme noch einmal zu genießen. Wie er so im Rückwärtsgang die steinernen Chimären auf der oberen Galerie zu erblicken versuchte, wäre er fast auf die Hand einer alten Frau getreten, die dort auf dem nassen Kopfsteinpflaster lag, das Gesicht zu Boden gerichtet, und deren Körper in einem frommen Krampf erstarrt war, am Kopf eine Schale für Geld. Sie lag auf dem Weg in die Kathedrale, und die Schlange vor dem Eingang machte einen großen Bogen um sie. In Aleš blitzte der Gedanke auf, daß es sich wohl um eine Rumänin oder Albanerin handelte. Er wandte sich rasch ab und eilte davon.

Sie überquerten die Brücke, kehrten aufs Festland zurück, und dann fiel ihnen ein, daß sie sich noch das Centre Pompidou ansehen konnten, das nicht weit sein sollte. Und tatsächlich, problemlos fanden sie den riesigen Tanker, aber auch da standen Schlangen, die sich nur langsam zu den Rolltreppen bewegten, die die Besucher durch Glasröhren beförderten, und Aleš und Lucie wurden auf einmal von einer entsetzlichen Müdigkeit heimgesucht. Sie kamen überein, daß sie doch noch eine Menge Zeit hatten, um die »Ölraffinerie« morgen, übermorgen oder überübermorgen zu durchstreifen. Sie verspürten Appetit auf einen Kaffee, auf duftende Tassen, und dazu Croissants oder Brioches oder irgendein berühmtes Pariser Dessert. Und so kamen sie auf das Café Beaubourg.

Schau mal, wir haben hier doch morgen das Treffen mit diesem... diesem... ich kann mich ums Verrecken nicht erinnern, aber warte mal, hat er uns überhaupt seinen Namen gesagt?

Aleš warf einen Blick ins Café. Er war aber sofort zurück, kam hinausgeflogen wie der Teufel aus der Schachtel, die Augen weit aufgerissen. Ist das denn die Möglichkeit?! Er sitzt ja schon dort! Mich trifft der Schlag, lachte Aleš, er sitzt dort und wartet auf uns!

Nein! Willst du damit sagen, daß er schon jetzt da sitzt und wartet, bis wir morgen um elf erscheinen? Lucie klatschte begeistert in die Hände.

Klar, er wartet. Der alte Einsiedlerkrebs wartet schon auf uns!

Gehen wir! Lucie freute sich. Wir werden ihm um den Hals fallen! Lassen wir ihn nicht länger warten! Fallen wir unserem Retter um den Hals!

Sie zwinkerten einander zu und stürmten hinein. Ihr Retter blickte von seiner Pariser Zeitung auf, und es war deutlich, daß er sie sofort erkannte. Er erhob sich und kam ihnen entgegen.

Ich gebe es zu, ein bißchen habe ich schon erwartet, daß Sie heute noch kommen.

Kaum hatte er »erwartet« gesagt, prusteten Lucie und Aleš lachend los. Lucie entschuldigte sich aber sofort und erklärte, daß sie durch Paris geschlendert seien und dies so ein Glücksgefühl sei, daß sie pausenlos in Lachen ausbrechen würden und sich wie Verrückte und Narren benähmen.

Sie müssen nicht fortfahren, winkte ihr Retter ab, Paris gehört doch gerade uns, den Verrückten und Narren. Aber ich glaube, daß ich mich beim letztenmal nicht vorgestellt habe. Ich bin Martin Wartemann.

Kaum hatte er »Wartemann« gesagt, prusteten Lucie und Aleš auch schon wieder los.

Fünf

Martin Wartemann (nennen Sie mich Martin, wenn ich bitten darf) entpuppte sich als Zahnarzt. Er sagte aber kein Wort über dieses düstere Handwerk, sondern bestellte erst einmal Abendessen für alle (es war bereits Abendbrotzeit, und wenn Sie in Paris gut zu Abend essen wollen, verriet ihnen Martin, ist das Café Beaubourg der richtige Ort). Während des Essens kam er allmählich ins Erzählen; zunächst ließ er nur hie und da einige Brocken fallen, dann aber wurde der Erzählfluß immer breiter und breiter, und er redete und redete und redete, keinesfalls aber Abwegiges oder Uninteressantes. Nachdem sie gegessen (kräftige Suppe de la Normandie und Hummercocktail) und getrunken (selbstverständlich bretonischen Muscadet) und sich abschließend noch einen Kaffee samt Schokoladendessert gegönnt hatten, war auch er am Ende der Geschichte angelangt, die wir hier nur kurz zusammenfassen.

Zuerst gestand Martin, eigentlich noch nie ein Mitglied der Familie Jordan getroffen zu haben (erst jetzt habe ich die Ehre, und er verbeugte sich vor Lucie und auch ein bißchen vor Aleš über den Suppenteller), und daß er die Jordans nur mittelbar kenne, sich aber schon seit Jahren für sie interessiere. Er habe nämlich einen guten Freund, dessen Vater sich vor sehr langer Zeit mit einem hübschen Mädchen aus der Familie Jordan verlobt habe. Sie hatten aber nicht geheiratet, sie hatten es nicht geschafft, denn Miroslava war Leistungsschwimmerin, und nach einem erschöpfenden Wettkampf brach bei ihr Tuberkulose aus. Sie hatte sie sich durch das rastlose Sportlerleben eingefangen. Im Herbst siebenundvierzig starb sie, eine junge gebrochene Blume. Jetzt aber aufgepaßt, sagte Martin Wartemann, denn die Geschichte geht weiter, und zwar ganz unkonventionell. Aus dem Gesagten geht nämlich hervor, daß der Vater meines guten Freundes eigentlich nie zur Familie Jordan gehört hat, denn er hatte ja Miroslava nicht rechtzeitig heiraten können, er hat sich ihr nur für einen kurzen Augenblick genähert, und schon riß sie ihm der Tod aus den Armen. Dennoch ereignete sich anschließend etwas, was davon zeugte, daß die Jordans Liebe mit Liebe vergelten und innige Gefühle im Herzen hegen für jeden, der ihnen jemals im Namen der Liebe nahegekommen ist.

Weiter erzählte er davon, was drei Jahre später geschah, als der Vater seines guten Freundes bereits mit der Mutter seines guten Freundes verheiratet war, die jedoch mit den Jordans nichts zu tun hatte. Die Jordans hatte er nur auf dem Friedhof getroffen, am Grab seiner einstigen Verlobten. Drei Jahre später also tappte Miroslavas ehemaliger Bräutigam in eine von der kommunistischen Staatssicherheit gestellte Falle, und es hätte ein böses Ende mit ihm genommen, wenn nicht prompt jemand von den Jordans eingegriffen hätte, jawohl, jemand, der eine vortreffliche Position im Parteiapparat innehatte und deshalb das böse Schicksal noch hatte abwenden können. Es war eine lange Geschichte, Lucie und Aleš hörten sie geduldig an und aßen dazu den Cocktail aus bretonischem Hummer (Kopfsalat in kleine Streifen schneiden, den Hummer vorsichtig aus dem Panzer lösen, den Hauptdarm aus dem Schwanz entfernen und eine Soße aus Ketchup und Sahne vorbereiten). Richtig, so ist es – derjenige, der wollte, daß sie ihn Martin nannten, nickte mit dem Kopf –, in jenen schändlichen und heimtückischen Zeiten streckte sich eine liebevolle Hand aus der Finsternis und führte den Vater meines guten Freundes über die Brücke über dem Abgrund, und diese Hand trug den Siegelring der Jordans. Den Jordans wird gelegentlich vorgeworfen, sie hätten schon immer überall ihre Verwandten gehabt, so auch unter den kommunistischen Apparatschiks und auf der anderen Seite unter den Emigranten und Teilnehmern des sogenannten dritten Widerstands, sie hätten sie an allen möglichen strategischen Orten plaziert, damit es der Familie immer gutginge, wer immer im Lande herrschen sollte. Aber wenn schon, sagte Martin. Ich finde überhaupt nichts Schlimmes daran, daß sich jemand entschlossen hat, der unmenschlichen Geschichte die Stirn zu bieten und sie zu überlisten. Die Damen mögen mir verzeihen, und Martin lächelte entschuldigend in Richtung Lucie, die Damen mögen verzeihen, aber ich sehe nichts Schlechtes daran, wenn jemand versucht, die Geschichte zu verfälschen.

Sie vielleicht nicht, stoppte Aleš Martins Begeisterung, Sie nicht, aber ich schon! Wenn nämlich jemand seine Leute praktisch überall untergebracht hat, sehe ich an diesem immer verfügbaren Pragmatismus überhaupt nichts Bewundernswertes. Und die Damen mögen mir verzeihen – auch Aleš lächelte in Richtung Lucie –, aber das ist nichts anderes als tiefster Arschlochismus!

Tiefster Arschlochismus, haben Sie gesagt?

Ich könnte es auch noch anders nennen, aber das wollen Sie lieber gar nicht hören!

Er könnte es noch anders nennen! Martin freute sich, hob seine Hand und bestellte noch gegrillten Ziegenkäse und eine weitere Flasche Wein.

Glauben Sie, daß es vernünftig ist, bemerkte Lucie, nach dem Schokoladendessert mit einer weiteren Flasche Wein fortzufahren?

Ach, der Verstand, meine schöne Dame!, stöhnte Martin. Ihr Mann ist zweifellos ein bemerkenswertes menschliches Wesen, und auch Sie sind ein bemerkenswertes Wesen, und Paris ist eine bemerkenswerte Stadt, und der gegrillte Ziegenkäse ist, wie Sie sich gleich überzeugen werden, ein wunderbarer Leckerbissen, richtig, ein wunderbarer Leckerbissen an einem Abend im Frühling im Café Beaubourg in Paris, jawohl, in Paris und auf der Erde, die ein Stern ist. Jetzt aber erlauben Sie mir bitte fortzufahren. Genau das bewundere ich an Ihrem Mann und den Jordans überhaupt, welche Fähigkeit zur Selbstkritik und Selbstironie die Jordans besitzen! Das trifft man heute nicht alle Tage! Tiefster Arschlochismus! Wahrlich, ein Meisterstück an Selbstironie! Jetzt aber möchte ich noch, wenn Sie nichts dagegen haben, von dem Porträt der frühen Verlobten des Vaters meines guten Freundes sprechen, mit einem Wort, von Miroslavas Porträt. Immer, wenn ich bei meinem guten Kumpel zu Besuch war, habe ich nämlich stets aufs neue mit Bewunderung das Porträt der längst verstorbenen Verlobten seines Vaters betrachtet. Hören Sie, das war doch wirklich sehr merkwürdig! Sie war nur ganz kurz im Leben seines Vaters aufgetaucht, der sich dann für den Rest seines Daseins mit einem vollkommen anderen Frauenzimmer zusammentat, mit der Mutter meines guten Freundes, aber trotzdem bewahrt mein guter Freund ihr Porträt, das seine Wohnung geradezu dominiert, als wäre es das kostbarste Erbstück seines Vaters. Dabei handelt es sich um eine Routinearbeit eines heute bereits vergessenen akademischen Schmierfinkens. Ich habe meinen Freund nie danach gefragt, aber ich glaube es zu verstehen. Zweifellos war er ebenso wie ich von der sonderbaren Schönheit bezaubert, die alle Jordans auszeichnet. Nein, bitte, widersprechen Sie mir nicht! In Ihnen, den Jordans, ist unbestritten etwas – und ich bitte um Verzeihung, aber ein geeigneteres Wort fällt mir im Augenblick nicht ein – altmodisch Aristokratisches, etwas, was auf den ersten Blick überhaupt nicht sichtbar sein muß, aber wenn man wie ich lange Zeit das Porträt einer Schönheit betrachtet, die nicht mal ein akademischer Schmierfink verpfuschen kann, muß man es bemerken! Und darum wußte ich sofort, kaum daß ich Sie am Flughafen erblickt hatte, wer Sie sind – so sehr sind die aristokratischen Züge der Jordans in Ihren Gesichtern festgeschrieben, und als dann geschah, was geschehen ist, wußte ich auch, was meine Pflicht war. Genauso wie es jeder an meiner Stelle gewußt hätte, der jener Situation auch nur zufällig beigewohnt und zwei strahlende Brillanten aus der königlichen Krone der Jordans in Ihnen erkannt hätte.

Was für ein Schmeichler Sie doch sind!, sagte Lucie.

Genau, ein Scheißschmeichler, fügte Aleš im Geist hinzu.

Eine halbe Stunde später bestellte Martin noch eine Flasche und ein weiteres scheußliches (diesmal gefülltes) Krustentier.

Ich habe Sie durch einen wundersamen Zufall getroffen und werde Sie nie wiedersehen, laufen Sie mir also noch nicht davon, bat er sie.

Aleš und Lucie kehrten erst spät am Abend von dem Treffen im Café Beaubourg zurück, eigentlich bei Einbruch der Nacht, und Aleš hatte inzwischen begriffen, daß er diesmal wirklich über die Stränge geschlagen hatte, aber er hatte keine Lust, seinen ersten Tag in Paris zu beenden, indem er sich über einer Kloschüssel der Pension Tintin einen Finger in den Hals steckte. Und so steckte er ihn nicht hinein. Da er sich aber folglich keine Erleichterung verschafft hatte, blieb die Übelkeit in ihm und suchte ihn in der Nacht auf schreckliche Weise heim. Und nicht nur das.

Zuerst träumte er, er begebe sich jetzt in der Nacht wieder zur Kathedrale Notre-Dame. Die Kirche und alles um sie herum war in eine absolut ungewöhnliche Finsternis getaucht, und weit und breit keine Menschenseele. Dann stellte er aber fest, daß da doch jemand war. Die alte Frau, die Rumänin oder Albanerin, lag immer noch mit dem Gesicht zum Boden gewandt da. Aleš trat an sie heran, kniete nieder, und nach kurzem Zögern hob er sie hoch, drehte sie um, und im Licht der Sterne sah er, daß es Seelchen war. Er erschrak, ließ sie fallen, und im selben Moment zerfiel sie zu Staub. Aber an der Stelle, wo sie gelegen hatte, auf dem Kopfsteinpflaster vor der Kathedrale, blieb der Abdruck ihres Gesichts. Und dieses Gesicht lebte – Muttergottes von Notre-Dame, das Gesicht lebte, bewegte sich, zischte und kreischte, obwohl es nur in die Pflastersteine geprägt war.

Unmittelbar darauf folgte ein neuer Traum – wieder mit Seelchen. Es war jener immer wiederkehrende Traum, und mit traumunüblicher Treue und Sachlichkeit beschrieb er das, was vor fünfunddreißig Jahren in einem großen alten Haus am Ufer eines Flusses passiert war. Siehe da, nicht einmal im Zentrum von Paris, in Raum und Zeit so weit entfernt von allem, was damals geschehen war, konnte man ihm entkommen.

Er wollte Lucie nicht wecken, hatte jedoch Angst, wieder einzuschlafen. Also zog er ins Vorzimmer um, kochte sich mit einem Tauchsieder einen Kaffee und wartete auf den Morgen.

Als der Morgen dann endlich gekommen war (du hast doch nicht etwa die ganze Nacht hier gesessen? Lucie erschrak. Hättest du nur was gesagt, ich hab was hier zum Einschlafen. Dann aber begriff sie. Schon wieder der Traum?), verschwand zwar der Schrecken der Nacht, aber Aleš hatte ganz schnell verstanden, daß leider etwas Nichtwiedergutzumachendes geschehen war.

Noch am Abend zuvor, noch vor wenigen Stunden war er in Paris unglaublich glücklich gewesen. Aber gestern war jetzt auf einmal furchtbar lange her. Es blieben noch dreizehn Tage Aufenthalt in Paris. Während dieser Zeit kehrte der Traum nicht mehr zurück, und so eine Nacht wiederholte sich nicht noch einmal. Trotzdem war alles anders. Sie behielten das ursprüngliche Programm dennoch bei; in Paris war der totale Frühling ausgebrochen, und er wollte es Lucie nicht verderben. Sie durchwanderten, durchfuhren und erklommen alles, was es gab, und Aleš versuchte, sich nicht anmerken zu lassen, daß er vollkommen von der Rolle war.

Aber was war denn eigentlich passiert? Da haben wir's: Er hatte das Gefühl, daß nicht mit ihm, sondern mit der Realität um ihn herum etwas passiert war! Die Seine war nicht mehr die Seine, die Häuser am Quai waren irgendwie nicht mehr die Häuser am Quai, das Quartier Latin war nicht mehr das Quartier Latin, und sogar das lebendige Französisch, das er um sich herum hörte, war nur noch eine armselige Nachahmung seiner selbst. Als er einen Versuch unternommen und ein Streichholz von der Solférinobrücke geworfen hatte, war auch das Streichholz kein ins Wasser geworfenes Streichholz mehr. Das schlimmste daran war jedoch, daß ihn das überhaupt nicht beunruhigte. Er fragte sich nur verblüfft, was er da machte. Warum war er überhaupt in irgend so einem Paris?

Unerwartet entsann er sich dann, woher er seinen Flughafenpeiniger, diesen Lümmel, kannte, der sich vor dem Abflug nach Paris auf ihn gestürzt hatte. Als er damals zu Seelchen gekommen war, um ihr endlich alles zu erzählen, war er doch einen Moment in ihrem Flur stehengeblieben und hatte dort ein Bild gesehen, ein eingerahmtes Gruppenfoto an der Wand, und er hatte es einen Augenblick aus der Nähe betrachtet, bevor ihn Seelchen zu grünem Tee mit Quarktaschen geleitet hatte.

Es gibt natürlich nichts Zweifelhafteres als die Erinnerung an ein Gesicht auf irgendeinem Foto. Doch man muß wissen, daß Aleš das Gruppenbild durch eine Art vergrößernde und näherbringende Optik sah, die wir, mit Verlaub, die Optik der Intuition nennen könnten. Der Typ, Aleš' Peiniger aus der Flughafenhalle, befand sich ganz links auf dem Foto, er strahlte grenzenloses Selbstbewußtsein aus und hielt seine linke Hand zu einer charakteristischen Geste empor, derselben, die er auch in der Abflughalle mehrmals gemacht hatte: Der Daumen und der Mittelfinger der erhobenen Hand bildeten einen Kreis! Vielleicht ist es dumm, alles nur auf einem Kreis aufzubauen, einer Allerweltsgeste, aber gerade als sie im Musée d'Orsay vor Monets Seerosen standen, die er freilich kaum wahrgenommen hatte, da sie der elende Kreis seiner aufgewühlten Intuition verdeckt hatte, entfuhr Aleš' Lippen ein leises Zischen. Das einzige, wonach er sich in diesem Moment verzweifelt sehnte, war, so schnell wie möglich aus Paris zu verschwinden und wieder in Brünn zu sein, in die Talgasse zu laufen und Seelchens Abwesenheit zu nutzen, um einen Blick auf das Foto im Flur ihrer Wohnung zu werfen, in das Gesichtchen der gestikulierenden Minigestalt.

Vor Lucie erwähnte er aber mit keinem Wort, was ihn quälte. Lucie war der einzige Mensch auf der Welt, der ihn verstehen konnte, und deshalb wollte er sie nicht vorzeitig abnutzen oder es ihr gar verleiden, sondern gönnte ihr alles, was Paris mit vollen Händen ausschüttete, und er durchstöberte sogar geduldig das Kaufhaus Samaritaine mit ihr.

Schließlich waren die Pariser Tage doch vorbei, Aleš' Hoffnung hatte sich erfüllt, vom Flughafen Charles de Gaulle hob eine Boeing Richtung Prag ab, und nach sechsundachtzig Minuten waren sie wieder auf dem Prager Flughafen, diesmal aber nach elf Uhr abends. Die Busse der Fluggesellschaft verkehrten nicht mehr, und die Taxis hatten sich flinkere Passagiere untereinander aufgeteilt. Aleš stolperte mit dem Gepäck zwischen den Verkehrsinseln herum und dachte daran, wie er beharrlich darauf bestanden hatte, daß Evžen sie auf keinen Fall vom Flughafen abholte (ihr werdet es bereuen, Kinder, es gibt nichts Widerlicheres, als um Mitternacht auf dem Prager Flughafen festzuhängen). Lucie rannte zu einem der letzten Taxis, aber jemand war ungalant schneller. Sie kehrte zu Aleš und dem Gepäck zurück, und sie beschlossen, einen Kaffee zu trinken und in der Taxizentrale anzurufen. In dem Moment, als sich Lucie schon zu einem der Koffer beugte, löste sich ein rothaariger Vollbart mit Schirmmütze von einer Säule am Ende der Verkehrsinsel und eilte auf sie zu.

Er war bereits auf den ersten Blick eine abstoßende Erscheinung. Noch dazu schwebte ihm eine hämische Stinkwolke voraus. Sie drehten ihm schnell den Rücken zu, aber das störte ihn nicht. Er ging seelenruhig um sie herum, breitete die Arme aus und bot ihnen seinen Wagen an, der im nächtlichen Schatten einer Bude stand. Es war ein ziemlich heruntergekommener Trabant, und Aleš hätte wetten können, daß es einer von denen war, die jene DDRler auf der Prager Kleinseite hatten stehenlassen, die neunundachtzig in der westdeutschen Botschaft Asyl suchten, einer der Trabbis, die sich emsige tschechische Spießerchen nachher nach Hause geschleppt hatten.

Aleš und Lucie empfanden Ekel gegenüber diesem Taxifahrer mit dem gestohlenen Trabant, da sie aber keine Lust hatten, mit dem Gepäck ins Flughafengebäude zurückzugehen, ließen sie sich zum Hauptbahnhof bringen.

Wenn ich Ihnen einen Rat geben darf: Ihre Frau sollte hier mit mir bei den Koffern bleiben, und Sie schauen nach den Abfahrtszeiten der Züge.

Da würde ich gern wissen, warum sie hier mit Ihnen warten sollte?

Weil Sie in diesem Moment noch nicht wissen, ob Sie nicht noch mit mir nach Brünn fahren werden.

Das weiß ich ganz genau, versicherte Aleš, ließ die Koffer dann aber doch stehen und ging nachsehen. Der nächste Zug nach Brünn fuhr erst um Viertel vor drei in der Früh. Der Dreckskerl mit seinem Taxi ohne Taxameter und bestimmt auch ohne Lizenz hatte garantiert gewußt, daß jetzt nichts mehr fahren würde.

In zwei Stunden sind Sie gemütlich in Brünn. Er zeigte auf den Trabbi. Er hätte nichts Lustigeres sagen können.

Wir sollten uns ein richtiges Taxi rufen, schlug Lucie vor, aber das tangierte den Kutscher gar nicht, er hatte auf Durchzug geschaltet. Wir rufen uns ein richtiges Taxi, wiederholte Aleš' Frau, wir werden doch nicht in so einer Rostlaube von unserer Hochzeitsreise zurückkehren. Während der Taxifahrer auf Durchzug geschaltet hatte, war Aleš wiederum überempfindlich, so daß ihn die Erwähnung der Hochzeitsreise vor diesem Idioten dermaßen aus der Fassung gebracht hatte, daß er trotzig meinte, ruhig mit diesem Blechnapf fahren zu können – ihm scheine sogar, daß es für die Rückkehr von ihrer Hochzeitsreise das geeignetste Gefährt sei. Lucie zuckte nur mit den Schultern und quetschte sich nach hinten, in eine kleine Lücke zwischen dem Gepäck.

Sie werden es nicht bereuen! Der kleine Schmutzfink rieb sich die Hände. Wie hat der Dichter Seifert gesagt?

Zwischen Dahlien in der Nacht hat eine schöne Jungfrau gewacht!

Das was natürlich gar nicht Seifert, sondern Halas, aber Aleš hatte es schrecklich aufgeregt. In Gottes Namen, fahren Sie schon…

Näh, näh, brummte der Chauffeur und brachte den Motor zu überirdischen Umdrehungen. Start!, rief er, und der Trabant fuhr mit einem Hicks an.

Sechs

Der kleine Dreckskerl pfiff vor sich hin, und wie eine Furie flog er auf den Autobahnzubringer und hörte erst auf zu pfeifen, als sie schon weit hinter Prag waren. Dann hörte er mit einem Schlag auf, aber nur, um ihnen zu verraten, daß sie die Reise nach Brünn fünftausend kosten würde. Lucie wollte etwas Scharfes erwidern, aber Aleš drehte sich nach hinten und klebte ihr seine Hand vor den Mund. Soviel haben wir nicht dabei, sagte er dem Dreckskerl, zumindest nicht in tschechischen Kronen. Aha, entgegnete dieser, in was haben Sie es denn dann?

Wir haben ein paar Francs. Ja, von unserer Hochzeitsreise nach Paris sind uns einige Francs übriggeblieben.

Sofort war zu sehen, wie im Kopf des Dreckskerls Zahlen rotierten, wie es dort klickte, ruckelte und röchelte, bis ein Nümmerchen herausfiel: Dann geben Sie mir tausend Francs. Er hielt an, damit die finanzielle Transaktion in Ruhe abgewickelt werden konnte, weil für diese Fahrt wie für einen Fick im voraus gezahlt werden sollte. Nachdem er dann die Banknoten wie Schweinchen im Stall sicher untergebracht hatte und es ihm gelungen war, wieder zu starten, taute er richtig auf und erzählte, wie er einmal drei Ursulinen-Nonnen oder wie die, verdammt noch mal, heißen in diesem Taxi mitgenommen und völlig gratis bis nach Salzburg gebracht habe, weil das heilige Frauen seien, die für uns alle die Last der Buße tragen, sagte der Drecksack. Lucie knirschte hinten mit den Zähnen, und Aleš zog sich, um es zu übertönen, die Finger lang, bis die Gelenke laut knacksten. Zu guter Letzt erwies sich das Gequatsche (nachdem er mal in Fahrt gekommen war, war er nicht zu bremsen) aber nicht als völlig umsonst. Die Frühlingsnacht hatte sich nämlich mächtig abgekühlt, und auf der Böhmisch-Mährischen Höhe pfiff es durch den Trabbi, daß Lucie und Aleš zu frieren begannen, und so begrüßten sie es sogar, daß sie der Sack mit seinem unsterblichen Mist erhitzte und sie vor Wut brannten, daß sie sich ausgerechnet auf dem Rückweg aus Paris derartig idiotische Geschichten anhören mußten.

Der Überraschungen war aber noch lange nicht genug. Gerade als sie von einem nicht enden wollenden Lkw überholt wurden, der ihnen sowohl den Mond als auch die Sterne verdeckte und in dessen Schatten sich der winzige Trabbi für einen Moment in absoluter Dunkelheit befand, kam dem Taxifahrer eine lustige Geschichte aus seiner Militärdienstzeit in den Sinn, und Aleš, der sich fröstelnd in seinen Mantel eingemummelt hatte wie in ein Wickelband, hätte ihr nicht die geringste Aufmerksamkeit geschenkt, wenn er nicht den Namen seines Cousins Toni Jordan vernommen hätte. Der Dreckskerl war vor Jahren in Havlíčkův Brod zusammen mit ihm stationiert gewesen (in einer Kaserne, die sich in den Räumen des ehemaligen Flughafens an der Straße nach Humpolec befand), wo Toni Jordan als Stabsschreiber gedient hatte, und der Drecksack hatte ihn bewundert, wie er es sich beim Militär einzurichten verstand, er hatte dort wie die Made im Speck gelebt, während wir mit der Schnauze im Schlamm wühlten. Damit war aber seine Bewunderung noch nicht zu Ende, denn der Sack traf sich auch weiter mit Toni. Immer wenn er in Brünn sei, komme er bei ihm vorbei, auch heute habe er es vor, jede fünf Minuten mit Toni Jordan, das ist die Schule des Lebens, die Schule des Lebens, des Kampfes und der Arbeit, wie wir beim Militär zu sagen pflegten.

Übertreiben Sie es nicht ein bißchen, meldete sich Aleš zu Wort, mit der Bewunderung für einen Stabsschreiber?

Beim Militär war er Stabsschreiber, aber jetzt – jetzt hat er in Brünn ein Kasino, eine Privatgalerie und einen Autosalon. Sie müssen ihn doch kennen, jeder in Brünn kennt ihn.

Na, und sehen Sie: Ich kenn ihn nicht.

Und Ihre Frau Gemahlin kennt ihn auch nicht?

Lucie antwortete nicht, und der Dreckskerl schwieg auch eine Weile, völlig konsterniert, was für dumme Menschen die Erde doch trug, und er Idiot fuhr sie auch noch.

Aleš mummelte sich noch tiefer in seinen Mantel ein und überlegte, ob es nicht eine Art Warnung war, daß ihn auf der Reise nach Paris, während des Aufenthalts dort und nun auch auf der Rückfahrt immer ein gewisses Familienecho begleitete, eine ständige Erinnerung an die Jordans. Dann durchkämmte nur noch der schielende Scheinwerfer des Trabants die Dunkelheit – dort, wo ein paar Jahre später der Autobahn-McDonald's stehen und nonstop in die Nacht leuchten sollte, aber noch war da nur eine um so schwärzere Finsternis, geschwängert durch die Erwartung der McDonaldisierung, und der Duft der Hamburger wartete derweil noch geduldig in geschlossenen Knospen.

Als sie schließlich Brünn erreichten, tat sich der Drecksack wieder hervor, indem er sich dämlich im Spinnennetz der Auffahrten und Kreuzungen verirrte und mit seiner Furzkiste immer nur im Kreis herumfuhr, bis Aleš endlich aus seinen ihn frösteln lassenden Träumen erwachte und ihm nichts anderes übrigblieb, als den Taxifahrer zu lotsen.

Sie gelangten in eine der monströsen Plattenbausiedlungen, wohin Aleš seine Braut bereits lange vor der Hochzeit geführt hatte. Am fernen Horizont schlüpfte schon der Morgen, doch das erste, was Aleš und Lucie sahen, als sie den Blick nach oben richteten, war ein erleuchtetes Fenster ihrer Wohnung.

Hab ich etwa die ganze Zeit das Licht brennen lassen? Aleš erschrak, mit einem Mal wieder ganz Knauserseele.

Von wegen, es ist viel schlimmer! Lucie übertrumpfte ihn: Du hast gar nichts brennen lassen. Erst dann bemerkte Aleš den Schatten, der hinter dem Fenster vorbeihuschte.

Der Taxifahrer fuhr weg, und noch eine Weile standen sie vor ihrem Häuflein Gepäck. Es blieb ihnen nichts anderes übrig, als sich zum Fahrstuhl zu begeben und hinaufzufahren. Oben stellten sie fest, daß jemand Aleš' Namensschild von der Tür abgenommen hatte.

Die Sache wird ernst, konstatierte er und schob vorsichtig den Schlüssel ins Schloß. Erstaunlicherweise ließ er sich ohne Schwierigkeiten umdrehen. Die Tür ging auf, und Aleš und Lucie blieben auf der Schwelle stehen. Da kam ihnen aber schon ein alter Mann entgegen, lächelte bis über beide Ohren und bat sie herein. Er heiße Däumling, und seine Frau Janička bereite schon eine kleine Stärkung vor.

Im ersten Moment dachte Aleš, daß jemand aus der Familie ohne sein Wissen diese filigranen Leutchen engagiert hatte, damit sie sich während ihrer Abwesenheit um die Wohnung kümmerten. Kaum hatte er jedoch den Flur betreten, hätte er bald die Flucht ergriffen, denn durch die offene Tür erblickte er ein vollkommen anderes Zimmer als das, was er vor vierzehn Tagen verlassen hatte. Anders gestrichen, andere Möbel und in der Ecke – du lieber Himmel – eine große Standuhr, vermutlich ein antikes Stück. Aus der Tür, hinter der sich Aleš' kleine Küche verbarg, trat eine ältere Frau, besagte

Janička, gleich mit einem Tablett bewaffnet. Es duftete nach Kaffee und Apfelstrudel.

Die ganze Nacht haben wir auf Sie gewartet, sagte Opa Däumling, während er sie an den gedeckten Tisch trieb, die ganze Nacht haben wir gewartet, weil wir wußten, daß Sie heute aus Paris zurückkommen würden.

Aber wir schulden Ihnen auch eine Erklärung, fuhr Janička Däumling fort, während sie den Tisch mit Meißner Porzellan deckte. Wenn Sie Ihren Kaffee ausgetrunken haben, ruft mein Mann Ihnen ein Taxi.

Sie wohnen nämlich nicht mehr hier, knüpfte wiederum Däumling an. Erschrecken Sie aber bloß nicht – und aufmunternd warf er seine kurzen Ärmchen auseinander –, es ist ja nichts Unangenehmes für Sie passiert. Im Gegenteil, während Ihrer Abwesenheit ist ein ordentliches Stück Arbeit geleistet worden, wie Sie sich gleich selbst werden überzeugen können. Und er ging ein Taxi rufen.

Der Erzähler möchte Ihre Neugierde jedoch nicht länger auf die Folter spannen und beeilt sich mitzuteilen, daß es Evžen gelungen war, die Renovierungsarbeiten an dem Einfamilienhaus am Mojmírplatz in Königsfeld abzuschließen, während Aleš und Lucie unterwegs waren, einem weiteren Familienhochzeitsgeschenk. Er hatte es auch geschafft, Aleš' und Lucies Wohnung mit allem Zubehör umzusiedeln, aus der ungemütlichen Plattenbauhöhle, die sie vor der Hochzeit bewohnt hatten, in das sonnige, geräumige Haus, wo sie ihre glücklichen Ehetage verbringen sollten.

Was die Däumlings betrifft, war es dem Erzähler nicht möglich festzustellen, wo Evžen sie ausgegraben und aufgegabelt hatte, aber er hält es auch nicht für wichtig, denn in ihrem Falle ging es ja nur darum, Aleš' Ankunft abzuwarten, ihn in die neue Situation einzuweihen und ihm ein Taxi für den Transport zum Mojmírplatz zu besorgen – und als Belohnung in die verlassene Plattenbauhöhle einzuziehen. Die Däumlings (höchstwahrscheinlich nur dienstbare Mäuschen der Familie Jordan) sollten nur zu Diensten sein, und ob der Kaffee und der Apfelstrudel ebenfalls zu ihren vertraglichen Verpflichtungen gehört hatten, das überlassen wir nun Ihren Vermutungen, denn gerade kommt das Taxi, ein Luxus-Metallic, und der Taxifahrer drückt auch schon auf die Hupe.

Auf dem Weg zum Mojmírplatz überholten sie noch den lahmen Trabbi und winkten dem kleinen Drecksack zu, liebe Grüße an Toni Jordan von Lucie und Aleš Jordan!

Sieben

Auf dem Mojmírplatz empfängt sie ein Morgen wie aus dem Bilderbuch. Der zuvorkommende Taxifahrer, sauber und elegant, sogar mit einer violetten Fliege ausgestattet, hilft ihnen mit dem Gepäck. Sie durchqueren den Vorgarten, und an der Tür stößt Aleš auf sein Namensschild, das dort sorgfältig angebracht ist. Sieh einer an, da bist du ja, mein kleiner Strolch, und er berührt es zärtlich und kratzt mit dem Fingernagel über das bronzene Schildchen. Dann schließt er mit den Schlüsseln, die er von den Däumlings erhalten hat, die Tür auf, und schon spaziert er durch das einstöckige Haus und öffnet alle verschlossenen Räume, wie man ein in viele Schichten verpacktes Geschenk nach und nach auspackt.

Aleš' Plattenbauwohnung (mit Lucies Zimmer) hatte man so umgesiedelt, daß sie hier einen einzigen größeren Raum füllt. In den anderen gähnt noch vollkommene Leere. Nur in der Küche befindet sich ein neuer, großer Kühlschrank, unter der Treppe eine neue Gefriertruhe und im Bad eine automatische Waschmaschine. Noch etwas hinzuzufügen hatte sich Evžen nicht getraut, denn die Auswahl der Möbel, beispielsweise, ist etwas so Persönliches, daß es sich wohl nicht gehört, frischgebackenen Eheleuten einen Schrank nach Wahl des Spenders in die Wohnung zu stellen, das wäre schließlich dasselbe, wie der Braut einen Schürhaken ins Bett zu stecken.

Als sie aus dem Fenster schauten, sahen sie den Mojmírplatz, der sich immer noch den Charme eines Dorfplatzes bewahrt hatte, etwas von einer Idylle aus längst vergangenen Zeiten. Im Hintergrund erhob sich zwar die monströse Schleife einer riesigen Überführung wie ein Drache, der im Begriff ist, die Prinzessin zu verspeisen, aber ein Platz ist keine Prinzessin, und an die Monstrosität würden sie sich bald gewöhnen. Hier würden die Tage wie kleine Wellen auf einem ruhigen Fluß dahingleiten, in den nur ab und zu ein zufälliger Angler seinen Schwimmer hängte.

Erst als sie in den Flur zu ihrem Gepäck zurückkamen, bemerkten sie ein kleines antikes Tischchen mit hohen Beinen und einem Telefonapparat darauf und daneben noch eine flache Schachtel mit einem blinzelnden Auge.

Zu Beginn der neunziger Jahre waren Anrufbeantworter bei uns noch nicht so seuchenartig verbreitet, und sogar Lucie zwinkerte zunächst dem freundlich blinzelnden Anrufbeantworter-Auge zu, bevor sie auf dem Tischchen einen Zettel fand, der sie instruierte. Evžens Stimme hieß sie von der Pariser Hochzeitsreise willkommen und wünschte ihnen glückliche Ehejahre unter einem gemütlichen Dach, aber noch ehe Aleš einen ironischen Kommentar abgeben konnte, folgte nach einer sehr kurzen Pause eine weitere Nachricht mit Evžens Stimme: Zwölfter April. Heute am frühen Morgen ist Seelchen gestorben. Die Beerdigung wird drei Tage nach eurer Rückkehr aus Paris stattfinden. Lucie, Aleš, bitte meldet euch sofort nach eurer Ankunft bei mir.

Aleš blieb einen Augenblick stehen, holte dann sein Notizbuch aus dem Koffer, suchte Evžens Telefonnummer heraus, aber als dieser abgehoben hatte, brachte Aleš kein Wort heraus und legte den Hörer wieder auf. Kurz darauf klingelte das Telefon, aber Aleš nahm nicht ab. Nach mehrmaligem Klingeln sprang dann der Anrufbeantworter an, und Evžens Stimme ertönte: Aleš, ich weiß, daß Sie da stehen, nehmen Sie schon ab. Nein, sagte Aleš und hob nicht ab. Lucie kam herbeigelaufen, aber Aleš hielt ihre Hand fest, als sie nach dem Hörer greifen wollte. Aleš, beharrte der Anrufbeantworter, bitte, nehmen Sie ab.

Einmal wirst du abheben müssen, sagte Lucie. Wir haben unser Leben lang darauf gewartet, nicht wahr? Seelchen ist tot. Der magische Reif ist zersprungen. Jetzt kommt alles in Bewegung.

Acht

Schon immer hat es mir am elementarsten Selbstbewußtsein gefehlt. Gewiß, ich konnte mutig und beherzt in Situationen handeln, in denen es darum ging, was man eine gerechte Sache nennt, aber wehe, wenn es nur um meine nichtige Wenigkeit ging, da trat ich den Rückzug an vor jedem, der auch nur warnend einen Holzscheit vom Boden hob, und verhielt mich sogleich wie ein armseliger Feigling und grenzenloser Idiot.

Als man uns Anfang der siebziger Jahre am Telefon die Verzeichnisse der Bücher diktiert hatte, die aus den Bibliotheken entfernt werden sollten, neue Listen der libri prohibiti, sagte ich auf einer Versammlung von Bibliothekaren, daß ich eine Anordnung, die niemand unterzeichnet hat und die uns nur anonym per Telefon diktiert wird, nicht für bindend erachte. Ich gebe zu, daß ich ein wenig damit gerechnet hatte, daß sich vielleicht jemand auf meine Seite schlagen würde, um so zu zeigen, daß wir immer noch Bibliothekare waren und keine Hosenscheißer. Aber niemand reagierte auf meine Worte, als hätten sie sie überhaupt nicht gehört, denn ihnen war bereits vollkommen klar, daß Widerstand kaum etwas lösen, sondern höchstens die Aufmerksamkeit der Staatssicherheit heraufbeschwören würde. Manche sahen in meinem Auftritt sogar einen Versuch, vorzuführen, daß ich besser und mutiger war als sie alle zusammen. So kam es, daß, als man mich danach aus der Bibliothek schmiß, kein Hahn nach mir krähte. Wenn du dich schon an ein Kreuz hängen lassen willst, guck zuerst nach, ob es hoch genug angebracht und von allen Seiten gut sichtbar ist, sonst verreckst du so nutzlos wie ein Stück Vieh, und niemand wird es merken, sagte kurz darauf ein weiser Mann zu mir.

Genauso entschlossen und kompromißlos war ich in jenen Jahren gegenüber der Familie Jordan. Ihr Arschlochismus kotzte mich höllisch an, und obwohl ich selbst aus ihrem Nest und vom selben Blut war, hielt ich die Jordans für eine Bande von Kollaborateuren, die in der »normalisierten« Tschechoslowakei wie die Made im Speck lebte (wenn wir morgen von den Marsbewohnern besetzt würden, wäret ihr übermorgen alle grün und auf die Größe von Bierflaschen geschrumpft, habe ich einmal zu Toni Jordan gesagt).

Das Gegenteil zu jenem kompromißlosen Stolz, mit dem ich durch jede Pore meiner Haut für die gerechte Sache atmete, bildeten die alltäglichen Situationen, in denen ich leider ganz allein dastand und mich nur auf mein nichtiges und räudiges Selbstbewußtsein stützen konnte. Das deutlichste Beispiel liefert das, was mir einige Tage nach meinem Antritt in der Ersten Brünner passierte, so hieß die Fabrik, wo ich nolens volens aufmarschierte, nachdem man mich aus der Bibliothek hinausbefördert hatte.

Ich bekam den Auftrag, einen großen Ausschußflansch an einen Haken zu hängen, und ein Kran sollte ihn dann zu einem Container mit Schrott befördern. Der Kranhaken kam mir entgegen, aber als ich den Flansch schon hochgehoben hatte, um ihn einzuhängen, zuckte der Haken zur Seite. Zuerst hatte ich es für eine Ungeschicklichkeit des Kranführers gehalten, aber als es dann ein zweites, ein drittes und ein viertes Mal passierte, wußte ich bereits, daß dieser Arsch von Kranführer Katz und Maus mit mir spielte, rannte jedoch trotzdem mit dem schweren Flansch im Arm weiter im Kreis herum und hob ihn immer wieder in die Höhe des Hakens, der mir immer wieder auswich. Nach einer Weile hatte sich eine Runde vergnügter Zuschauer um mich versammelt, sie schrien auf mich ein, lachten, der Schweiß rann an mir herunter, und ich rannte immer noch im Kreis herum, anstatt den Flansch auf den Boden zu schmeißen und darauf zu scheißen, den Clown für sie zu machen. Ich schaffte es nicht, aus dem Kreis herauszukommen, als wäre es ein Ring aus Stahl gewesen.

Und genauso war es auch jetzt mit Evžen und Seelchen.

Ich fing an, mich in etwas zu verstricken, das mir absurd und wahrscheinlich auch wahnsinnig vorkam. Während ich in der Zeit, als sich die meisten Jordans in der Kommunistischen Partei verkrochen hatten, klar sagen konnte, was ich von ihnen dachte, hatte ich jetzt, in einer vollkommen neuen Welt, in der das Gute und das

Böse nicht mehr so deutlich unterschieden waren und ich folglich nicht mehr der tapfere Ritter der Wahrheit sein konnte, weder die Kraft noch den Mut, den Jordanschen Absurditäten die Stirn zu bieten, und ich steckte ganz allein darin und fühlte mich gegenüber dem stets souveränen Evžen ohnmächtig. Ich saß einfach nur da (in Evžens Turm, wo der Maler Anderle inzwischen Hand angelegt hatte und einer der Jordanschen Vorfahren konvex an der runden Wand hing), hörte mir den unglaublichen Quatsch über Seelchens Nachfolge an und war nicht in der Lage zu sagen: Geht zum Teufel, ich habe nicht vor, für euch den Kasper zu markieren, ich mach da nicht mit! Mir war auch schon absolut klar geworden, daß Evžen schon vor meinem Abflug nach Paris darüber Bescheid gewußt hatte.

Gleich nach Seelchens Beerdigung, Aleš, kommt ein repräsentativer Kreis der Familie zusammen, um sich mit dem Nachfolger bekannt zu machen. Am besten wäre es jedoch, wenn der Nachfolger schon an Seelchens Sarg sprechen würde. Denken Sie darüber nach. Seelchen hatte das Recht, ihren Nachfolger nicht nur auszusuchen, sondern ihre Wahl auch in keinerlei Weise begründen zu müssen. Trotzdem hat sie sie begründet. Sie sind der einzige von den Jordans, der mit einer absolut reinen Weste durch die schlimmen Zeiten gekommen ist. Wir anderen haben alle, da gibt es gar nichts, doch hie und da ein bißchen kollaboriert. Einer von den Jordans war zwar direkt im Zentrum der Prager Dissidentenszene, es hat sich jedoch gezeigt, daß er unter dem

Namen Chrudoš fleißig mit der Staatssicherheit zusammengearbeitet hat. Ach ja, und unser Emigranten-Jordan, unser As, auf das wir im Falle eines Umsturzes am meisten gesetzt hatten, wurde leider als Agent Plato identifiziert. Seelchen hat – wie Sie ja wissen, Aleš – vor ihrem Tod den Wunsch geäußert, daß Sie als ihr Nachfolger wieder eine ethische Ordnung in die Familie bringen. Sie mögen den Eindruck haben, daß das zu erhaben klingt und daß es eine Aufgabe ist, die man mit dem vergammelten Material, das Sie zur Verfügung haben werden, nie wird bewältigen können, aber glauben Sie mir, das bloße Senfkorn Ihrer Gegenwart wird genügen.

Und da hatte ich mich dann doch durchgerungen und gefragt, ob die Familie Jordan nicht vielleicht nach Art der Mafia organisiert war, ob es nicht das war, worum es dabei ging.

Er lächelte und drohte mir mit dem Zeigefinger: Ich wußte sofort, daß Ihnen so etwas Häßliches einfallen würde, Aleš! Wenn Sie schon nicht ohne Vergleich auskommen, dann sind wir vielleicht so etwas wie eine Monarchie. Aber natürlich eine, wie wir sie heute aus Spanien, Schweden oder England kennen. Seelchen hat nur in Ausnahmefällen in die Angelegenheiten der familiären Gemeinschaft eingegriffen, nur dann, wenn es ethische Grundprinzipien betraf, an denen hat sie dann aber mit eiserner Hand festgehalten.

Dazu wollte ich auf der Stelle etwas sagen, aber es hatte sich in meiner Kehle festgehakt, und ich stieß nur einen Laut aus wie beim Schluckauf. Evžen schaute mich an, als dann aber nichts weiter passierte, was Anlaß zu einer Unterbrechung gegeben hätte, fuhr er in der Erklärung dessen, was ich als Seelchens Nachfolger unbedingt wissen mußte, fort.

Der Sinn, warum in unserer Familiendynastie die Tradition von Seelchen und allem, was damit zusammenhängt, aufrechterhalten wird, besteht darin, daß die Familie in der Lage und bereit sein soll, Mitgliedern zu helfen, die in eine schlimme Situation geraten, in der sich ein einzelner nicht zu helfen weiß, und sich um die talentierten Familienangehörigen zu kümmern, die nicht über ausreichend praktische Fähigkeiten verfügen, um sich selbst durchzusetzen. Jeder, der in unsere Familie hineingeboren wird, hat das Glück, daß er niemals allein dastehen wird, weil wir schon längst begriffen haben, daß die Solidarität der Familie der ursprüngliche Sinn aller großen familiären Gruppierungen ist.

Wieder entfuhr mir ein kleiner, aber ziemlich anstößiger Laut, den ich beim besten Willen nicht unterdrükken konnte.

Ach, ist etwas, Aleš?

Ich schüttelte schnell den Kopf, und Evžen fuhr fort: Wo waren wir stehengeblieben? Natürlich, bei der Familiensolidarität. Diese ureigentliche Bedeutung großer Stammesgemeinschaften ist im zwanzigsten Jahrhundert ziemlich schnell verlorengegangen, auch diese Gruppierungen haben sich atomisiert. So ist es, Aleš, sagen Sie nicht, daß es nicht so ist.

Ich sagte überhaupt nichts, ich habe nur frenetisch

gerülpst und gehickst und gefurzt, und die Töne liefen in Scharen aus mir, wie Feldmäuse zur Trockenzeit aus ihren Löchern.

In unserer Familie geht es also um Familiensolidarität – Herrgott, Aleš, holen Sie sich doch ein Glas Wasser oder halten Sie wenigstens kurz den Atem an! Oder warten Sie, ich schenke Ihnen etwas ein ... sehen Sie, ist das nicht eine Wohltat? Wo waren wir? Ach ja, ich weiß schon. Seelchen hat Sie – ich wiederhole – wegen Ihrer moralischen Unbescholtenheit auserwählt, und es wird von Ihnen erwartet, daß Sie so eine Art familiäre – wie heißt noch gleich dieses Modewort? – Transformation in Gang setzen. Es besteht nämlich kein Zweifel daran, daß während des letzten Jahrzehnts ein Wurm der Fäulnis in unsere Gemeinschaft eingedrungen ist und daß es höchste Zeit ist, etwas zu tun.

Sieh an, ein fauler Wurm, wiederholte ich im Geiste, beinahe erschrocken, wer hätte das dem alten Evžen zugetraut!

Ich wollte Ihnen noch sagen, Aleš, daß Sie dadurch, daß Seelchen Sie auserkoren hat, auch gewisse Privilegien und eine gewisse Macht gewonnen haben, und die ist nicht zu verachten. Sie werden wie Seelchen sein, und das ist eine Tatsache, die jeder in der Familie respektieren muß. Sollten Sie jedoch Seelchens Wahl nicht annehmen, müßten wir jemanden suchen, der Sie ersetzen würde. Dafür gibt es noch keine festgesetzten Regeln, weil es noch nie passiert ist, daß ein Nachfolger die Wahl seines Vorgängers nicht akzeptiert hat.

Wieder kam mir die Szene in der Fabrik in den Sinn, wie ich da unter dem Kran herumgelaufen und nicht imstande gewesen war, aus dem Kreis auszubrechen. Und jetzt dasselbe: nicht nur, daß ich es nicht fertigbrachte zu sagen, gehen Sie zum Teufel damit, Evžen, sondern ich machte auch noch ein äußerst serviles Gesicht dazu, als hätte ich rufen wollen: Nur noch mehr und größere Brocken, stopft ihn nur in mich hinein, diesen aparten Mist, bis mir der Kopf raucht und ich von innen verfaule! Das einzige, was ich dann doch noch zuwege brachte, war, daß ich mir Bedenkzeit erbat. Ich bat Evžen, mir noch Zeit für meine Entscheidung zu gewähren.

Sie sind ein ständiges »Aber«, Aleš, seufzte Evžen, als wären diese »Aber« der Auftakt zu Ihrem Namen... Sei's drum, Sie haben noch so viel Zeit – und er zeigte mir ein Stück seines kleinen Fingers.

Es blieben achtundvierzig Stunden bis zu Seelchens Beerdigung. Und das war die Frist, binnen derer ich mich entscheiden sollte. Ich verstand sie als Frist, innerhalb derer ich mich ermannen und Evžen sagen mußte, was ich von dem Ganzen hielt und daß Seelchens Wahl, egal welche, für mich unannehmbar war.

Ich fuhr sofort zu meiner Bücherei nach Bílovice. Davon ist hier noch nicht die Rede gewesen, und so wollen wir es gleich wiedergutmachen. Die Bücherei befindet sich außerhalb der Gemeinde, am anderen Ufer der Zwittawa, in einem kleinen Haus oberhalb der Straße.

Als man sich zu Beginn des Jahres 1990 an mich erinnert und mir die Gelegenheit gegeben hatte, aus der Fabrik in die Bibliothek zurückzukehren, hatte ich auf Bílovice bestanden, wo ich die schon vor Jahren eingegangene Bücherei zu neuem Leben erwecken wollte. Später habe ich diese Idee fast bereut – muffige Räume mit verfaulenden Resten des Bücherbestands. Das erste Vierteljahr war schlimmer als in der Fabrik. Ich ackerte wie ein Pferd und reparierte zuallererst das Haus mit den feuchten Wänden, ersetzte die Fensterrahmen und in zwei Fällen auch die Türen und auf dem Dach etwa ein Drittel der Ziegel; ich holte den alten Krempel vom Dachboden, räumte den Dreck aus dem Keller und stellte neue, nach Holz duftende Regale auf. Danach ging es. Ich hatte zwar nur einen kleinen Teil vom ursprünglichen Bücherbestand gerettet, dafür aber Geld für einen neuen aufgetrieben.

Ein ebenerdiges Haus also, mit vier Räumen. Zwei dienen der Ausleihe, und in einem befindet sich mein Bücherlager. Und im letzten Raum – in dem wir uns jetzt aufhalten und den man durch eine verglaste Tür von der Ausleihe und durch eine nicht verglaste vom Flur aus betritt – wohne ich, und manchmal übernachte ich auch dort. Ich habe hier ein Stück unveräußerlicher Privatsphäre: unter einer rührend kitschigen Tischlampe das aufgeschlagene Buch, das ich gerade lese (Erzählungen von Leonid Andrejev, wenn Sie reinschauen wollen), über der Couch das berühmte Plakat *Die Sanfte* von Olga Vylet'alová und auf dem Schreibtisch liebgewordenen Nippes, wie zum Beispiel ein in einem hohen Vogelkäfig gefangenes Minibuch der Edition Kolibri, ein Artefakt des Künstlers und Buchbinders J. H. Kocman, des weiteren die Marionette eines Ritters und des Todes, der Tod sitzt auf einem Krug aus Steingut, und der Ritter kniet in der Ecke – da haben wir es, ich werde es nicht zu Ende erzählen können, denn ausgerechnet jetzt klopft jemand ans Fenster und greift bereits nach der Türklinke.

Nicht schlecht, sagt Toni Jordan gleich von der Tür aus und ist auch schon hineingeschlüpft und tut so, als ob er sich die Leihbücherei anschauen würde. Er geht sogar zu einem Regal, zieht irgendeinen Band heraus und schlägt ihn auf, bevor er ihn wieder zurückstellt.

Ach ja, wenn man für so etwas Zeit hätte, und er streckt das Kinn in Richtung der Regale, zieht es aber gleich wieder ein und wechselt das Thema. Wohin gehst du zum Mittagessen? Gibt es hier eine nette Kneipe?

Nicht weit von hier, im Vereinshaus. Ich kann hier aber jetzt nicht weg, sage ich säuerlich, unfähig, ihn hinauszubefördern. Aber Toni geht zielstrebig zu meinem Pult und greift sich das Schild BIN ZUR POST. Laß uns reden, sagt er, wir hatten schon lang nicht mehr das Vergnügen, glaube ich.

Sein aggressiver Einfall hat mich um die Fähigkeit des Widerstands gebracht, außerdem habe ich das Gefühl, daß es vielleicht eine ganz vernünftige Sache ist, nach so langer Zeit wieder einmal mit ihm zu reden.

Er öffnet noch die Tür zu meinem Privatgemach einen Spaltbreit (anerkennend schnalzt er mit der Zunge, als er des Artefakts von Kocman ansichtig wird), und schon bringt uns sein Auto zur Brücke, wo sich das ehrwürdige Gebäude des Turnvereins erhebt.

Wir sitzen ganz allein in der ziemlich großen Halle, die jetzt als Restaurant dient. Von oben fällt ein eigentümliches Licht herein, und in diesem seltsamen Licht, von dem noch die Rede sein wird, nähert sich uns ein Kellner, er tanzt beinahe, dieser Mistkerl von einem Kellner aus dem Vereinshaus. Er kann uns aber nur Wiener Gulasch und Altbrünner Bier anbieten. Toni fängt gleich ein Gespräch mit ihm an über private Ausflugslokale, die nur am Wochenende prosperieren, während sie in der Woche grad so lala über die Runden kommen. Der Kellner, der, wie ich weiß, selbst auch Betreiber des Restaurants ist, stimmt ihm freimütig zu und schildert, wie voll es an Sonnabenden und Sonntagen sei, so daß die ganze Familie alle Händevoll zu tun habe. Toni zwitschert noch eine Weile mit ihm und fragt dann, ob wir nicht zwei Gläser guten Rotweins und irgendeine feine Spezialität der kalten Küche dazu bekommen könnten. Toni versteht es auch mit den Kellnern und vermutlich gerade mit den Kellnern. Ich sitze hier mit jemandem, dem ich noch vor kurzem nicht einmal die Hand gegeben hätte, aber das seltsame Licht von oben erteilt dem Ganzen die Absolution.

Gleich nach Seelchens Beerdigung fliege ich nach Giseh, und deshalb wollte ich vorher noch mit dir sprechen.

Ich frage ihn nicht, was er in Giseh vorhat, von dem ich nur soviel weiß, daß es eine bei Touristen beliebte ägyptische Metropole ist. Er zeigt sich aber keineswegs enttäuscht, daß ich nicht nachfrage, sondern kommt auf ein vollkommen anderes Thema zu sprechen.

Ich habe gehört, Aleš, daß du mir übelnimmst, daß ich in den siebziger Jahren eine kommunistische Funktionärin geheiratet habe und infolgedessen ab und zu alle möglichen kommunistischen Heinis treffen mußte. Du wirst es wahrscheinlich nur schwer verstehen, aber es hatte auch seine Vorteile. Ich habe den kommunistischen Bonzen nämlich hübsch bis in den Magen geschaut.

Während er dies sagte, regte sich etwas in mir wie in alten Zeiten, und ich fragte, ob er nicht zufällig durch den Schließmuskel in ihre Mägen geschaut hätte.

Wie bitte? Ha, ha, guter Witz!, sagte er und boxte mich freundschaftlich an die Schulter. Und wie mit dem Kellner plauderte er auch mit mir ein Weilchen, bevor er endlich zur Sache kam.

Ich betrachtete ihn – er war nicht nur perfekt in Schale geworfen (bestimmt hatte er einen Hofschneider, der ihn immer fragte: In welchem Hosenbein belieben Sie Ihr Glied zu tragen, junger Herr? Dieses Ritual hatten sie nach dem bekannten Feuilleton von Jan Skácel eingeübt, was auch das einzige war, was diese Unternehmer-Rambos je von dem Dichter gelesen hatten), sondern auch beispielhaft gut erhalten und unberührt vom Zahn der Zeit. Wir hatten die zwanzig Jahre der Okkupation vollkommen unterschiedlich jeweils in einer anderen sozialen Schicht erlebt, und jetzt sah es leider so aus, als rechtfertigte sein auf den ersten Blick sichtbares inneres Wohlbefinden genau diese seine Lebensart nach der sowjetischen Invasion, während ich gerade durch meine Unangepaßtheit und den Unwillen (oder die Unfähigkeit?), mit den Wölfen zu heulen, an Leib und Seele Schaden genommen hatte.

Und dann kam auch schon die Überraschung:

Ich habe gehört, daß Seelchen dich auserkoren hat. Du weißt vielleicht nicht einmal, was das bedeutet. Kein Grund zur Freude.

Aha. Nimmst du es an meiner Statt auf deine Schultern? Deshalb hast du also den weiten Weg zu mir nach Bílovice gemacht?

Er verzog keine Miene und fuhr mit hastiger Geradlinigkeit fort, indem er einen Autoschlüssel vor mich hinlegte: Er gehört dir, ich nehme den Zug zurück.

Ich habe keinen Führerschein. Ich hab noch nie im Leben hinterm Steuer gesessen.

Er warf noch ein Flugticket nach Giseh zu dem Autoschlüssel. Ich werde dir einen vierzehntägigen Aufenthalt dort bezahlen. Ich nehme an, daß du die Pyramiden und die Sphinx noch nicht gesehen hast.

Ich bin gerade aus Paris zurückgekommen, wo Evžen mir den Aufenthalt bezahlt hat, damit ich Seelchen nachfolge.

Schau mal. Vor einer Woche habe ich in Schwarzfeld ein Haus mit einem großen Garten gekauft. Ich werde es nach deinen Vorstellungen einrichten. Wenn du willst, kannst du gleich mit mir fahren, ich habe verschiedene Möbelkataloge zu Hause.

Gerade hat mir Evžen ein Haus auf dem Mojmírplatz in Königsfeld gekauft. Ein idyllischer Platz, ein reizender Obstgarten, Apfel-, Birn-, Kirsch- und Pflaumenbäume. (Den Obstgarten hatte ich mir natürlich ausgedacht, aber es machte mir Spaß, Toni zu übertrumpfen, und ich brannte vor Neugierde, womit er nun auffahren würde.)

Er steckte den Autoschlüssel in die Tasche und nahm das Flugticket wieder an sich. Bist du dir sicher, daß du Seelchen werden möchtest? Er musterte mich lange und aufmerksam, bevor er sagte: Erinnerst du dich noch daran, was vor fünfunddreißig Jahren geschehen ist?

Ich schwieg.

Wie alt warst du damals? Sechs Jahre? Hast du schon vergessen, was Seelchen damals getan hat? Bist du nicht, so rein zufällig, danach im Irrenhaus gelandet? Du warst vollkommen verwirrt! Er winkte den Kellner heran, und ehe ich mich besinnen konnte, hatte er für uns beide bezahlt.

Laß es dir noch einmal durch den Kopf gehen, sagte er, schon im Aufbruch begriffen. Vielleicht verstehst du, daß das Klügste, was du tun kannst, ist, so schnell wie möglich davonzulaufen. Du bist dem nicht gewachsen, mein Freund. Sei froh drüber!

Noch eine Weile saß ich allein am Tisch, und das seltsame Licht von den Fenstern oben sah gnädig auf mich herab. Ich drehte die Hände voller Sommersprossen mit den Handflächen nach oben und nach einer Minute wieder zurück, mit den Handflächen nach unten. Es bestand kein Zweifel, daß meine Unnachgiebigkeit das göttergleiche innere Wohlbefinden Toni Jordans erschüttert hatte, wenngleich er sich sehr bemüht hatte, es sich nicht anmerken zu lassen. So unbedingt war es ihm darum gegangen, daß ich ihm überließ, was Seelchen mir anvertraut hatte, daß er übernehmen konnte, was Seelchen zeitlebens den »Dienst« genannt hatte.

Der Kellner blieb schweigend vor mir stehen. Ich deutete ihm mit Daumen und Zeigefinger die Größe des Schnapses.

Fernet oder Becherovka?

Das überlasse ich Ihnen.

Er brachte einen Fernet. Ich bat ihn, mit mir anzustoßen.

Worauf?, wollte er wissen.

Ich schaute mich um. Dann zeigte ich nach oben. Auf das Sonnenlicht. Auf das Licht da oben!

Ich kehrte in die Bücherei zurück. Von dort rief ich Evžen an und teilte ihm mit, daß ich es mache, daß ich Seelchen werden will.

Das ist eine sehr gute Nachricht, lobte mich Evžen. Seelchen hat sich sehr gewünscht, daß wieder jemand – wie sie zu sagen pflegte – mit reinem und flammendem Herzen ... Und wenn Sie, Aleš, nicht angenommen hätten – jetzt kann ich es ja sagen, wenn Sie nicht angenommen hätten, wäre es höchstwahrscheinlich Toni Jordan in den Schoß gefallen.

Der ist gerade bei mir gewesen.

Sehen Sie, sehen Sie! (Und es war zu hören, wie er vor Rührung schluckte.) Sie ahnen nicht, Aleš, was für eine Freude Sie mir gemacht haben...

Wo waren wir stehengeblieben? Richtig, wir haben noch nichts über den Flur der Bílovicer Bücherei gesagt, obwohl seine Bedeutung nicht wegzudiskutieren ist. Hier habe ich nämlich eine kleine Galerie mit Porträts Brünner Schriftsteller. Der Dichter Klement Bochořák sieht hier genauso aus wie Julius Zeyer und Ivan Blatný wiederum wie der göttliche Narziß, noch nicht ahnend, was ihm das Leben bringen wird. Und gleich gegenüber der Tür das Zitat der Woche. Diesmal von Vladimír Holan: »Die Dunkelheit ist dergestalt, daß Gott uns mit ausgehöhlten Augen betrachtet.«

Soviel zum Flur, bitte schön.

Neun

Genau, der Flur! Aber das erinnert uns doch an etwas. Aleš hatte sich, nachdem er aus Paris zurückgekommen war, beeilt, endlich das Gruppenfoto in Seelchens Flur anschauen zu gehen. Er war sich doch fast sicher gewesen, darauf seinen Peiniger vom Flughafen zu erkennen! Kaum daß er wieder da war, überschlugen sich die Ereignisse aber dermaßen, daß sie den Flur samt Gruppenbild in den Hintergrund drängten. Damit will ich nicht behaupten, daß Aleš das Foto vergessen hätte. Er hatte sich sogar gleich am Tag nach der Rückkehr aus Paris in Seelchens Wohnung in der Talgasse begeben. Aber das, was er dort vorfand beziehungsweise nicht vorfand, brachte ihn keineswegs aus der Fassung. Nichts war mehr an seinem Platz. Jemand war ihm zuvorgekommen und hatte das Gruppenfoto mitgenommen. Und Michal Jordan, der sich nun dort niedergelassen hatte, hatte für Aleš' Frage nur ein Schulterzucken übrig. Aleš besah sich noch von der Tür aus die Wand, wo nur ein heller Fleck zurückgeblieben war, es regte ihn aber nicht besonders auf. Die angsterfüllten Träume aus Paris wurden von einer nicht weniger rabiaten Wirklichkeit zerstreut.

Zehn

Christoph Jordan gehörte das Bestattungsinstitut am Burianplatz in Sebrowitz. In seinem prächtigen Schaufenster wechselten die ausgestellten Särge – größtes Gefallen fand er an den schneeweißen Kindersärgen, die geschlagenem Schaum glichen und schwangere Weiber, die wie Nachtfalter das strahlende Schaufenster anflogen, in Ohnmacht versetzten. Zum Institut gehörten auch eine große Tischlerwerkstatt im Hof, eine Totenkammer im geräumigen Keller und ein großer Salon im ersten Stock, den man für Trauerfeiern mieten konnte. Zur Zeit befand sich in der Totenkammer im Keller nur ein einziger Sarg, dafür herrschte in Jordans Salon aber ein derartiger Betrieb, daß man noch eine Tür zum Nebenraum öffnen mußte. Es war der Vorabend von Seelchens Beerdigung und Vorabend der Trauerfeier, heute waren die Jordans nur auf die Schnelle aus allen Brünner Hotels, in denen die Auswärtigen untergebracht waren, und aus allen Brünner Stadtteilen, wo die Einheimischen wohnten, zusammengekommen, es war ein Treffen zum Zwecke einer funeralen Vereinbarung.

Es waren Verwandte vor Ort, die sich schon eine ganze Ewigkeit nicht mehr hatten blicken lassen, und es waren auch solche da, die sich am liebsten überhaupt nicht begegnet wären. Aber heute und insbesondere morgen gab es nur eine einzige akzeptable Entschuldigung für das Fernbleiben hier oben im Salon, nämlich die, die auch Seelchen dort unten in der Leichenkammer hatte. Die Jordans trafen sich öfter als andere Familien bei Begräbnissen – allein dieser Anlaß galt als unausweichlich und absolut verbindlich für alle. Denn das Begräbnis eines Seelchens war gleichzeitig die Inauguration (die Krönung) des nächsten.

Aleš hatte überhaupt keine Lust, und obwohl er und Lucie bereits die Schwelle überschritten hatten, wollte er immer noch Reißaus nehmen. Dabei befanden sie sich in derselben Situation, denn auch Lucie hatte die ganze lange Zeit über aus Solidarität mit Aleš das gesellschaftliche Leben der Jordans gemieden, so daß auch sie aus einer ungeheuren Ferne zurückgekehrt zu sein schien. Die meisten im Saal erkannten sie nicht wieder, sie hatten es geschafft, sie zu vergessen und schauten sie entweder befremdet oder gar mißtrauisch an. Um so überraschender war die plötzliche Attacke eines alten Onkels, gute achtzig, der Aleš am Ärmel packte und keinerlei Anstalten machte, ihn wieder loszulassen. Aleš hatte zuerst versucht, sich unauffällig loszueisen, dann sogar, sich loszureißen, woraufhin er jedoch aufgab und überhöflich fragte, was der Betreffende denn wünsche.

Ich wünsche mir nichts mehr als ein friedliches Todesstündchen, sagte der Alte, aber du hättest dich niemals in diesem Haus blicken lassen dürfen. Ich bin ihr Bruder, und niemand weiß besser, wer Seelchen war.

Da wurde er aber schon von zwei fröhlichen Jungs unterbrochen, die wie ein Sommergewitter angerauscht kamen und Lucie und Aleš den Fängen des Alten entrissen. Das heißt, eigentlich waren es schon lange keine Jungs mehr, dafür waren sie doch schon ein bißchen groß geworden und hatten sich gemausert, aber ihre Ausgelassenheit hatte doch etwas Jungenhaftes.

Entschuldigung, daß wir euch so entführt haben, sagte der eine glatzköpfige Bursche und plazierte sie an einem kleinen Tisch unterm Fenster, von wo man auf den Burianplatz und eine kleine Kapelle mit einer großen Uhr schauen konnte (sie zeigte gerade acht Minuten nach sechs).

Es war bestimmt höchste Zeit, daß wir eingegriffen haben, sagte der andere Glatzkopf, denn der Alte hätte euch fertiggemacht. Er hat Alzheimer und bringt alles durcheinander, er weiß nicht mal, wer er ist, und wenn er sich an jemanden ranhängt, hängt er an ihm wie ein – mit Verlaub – Sack voll Scheiße.

Ich glaube aber, daß es an der Zeit ist, uns vorzustellen, sagte der erste Bursche.

Richtig, wir sind euer Dutzi und Putzi, eineiige Zwillinge, und vielleicht erinnert ihr euch noch aus der Kindheit an uns, schon als Krabbelbabys hatten wir eine komödiantische Begabung.

Ich nämlich bin Putzi, und er ist Dutzi, sagte wiederum der erste Bursche.

Vermutlich erinnere ich mich, gab Aleš zu, denn er hatte wirklich das Gefühl, daß sie ihm sehr bekannt vorkamen.

Na klar doch, Dutzi und Putzi, die Star-Rabauken unserer Kindheit!, freute sich Lucie. Ihr lebt also noch?

Dutzi und Putzi sahen einander an und prusteten los.

Wir werden hier doch nicht auf dem trockenen sitzen, meinte Putzi und verschwand kurz im Nebenzimmer, wo ein unternehmerischer Geist aus der Verwandtschaft ein improvisiertes Buffet eingerichtet hatte, um auch bei den lieben Hinterbliebenen abzusahnen. Bevor Putzi mit Kanapees und Gläsern zurückkam, hatte Dutzi ihnen bereits mitgeteilt, daß sie jetzt beide am Theater in Königgrätz seien, wo sie ebenfalls von allen Putzi und Dutzi genannt würden, wie sie es aus der Kindheit gewohnt waren.

Das ist aber bezaubernd! Lucie klatschte begeistert, hast du gehört, Aleš? Aus ihnen sind letztendlich doch echte Clowns geworden!

Aleš jedoch war mittlerweile verstummt. Er schaute nämlich auf die reizenden glatzköpfigen Cousins, auf die eineiigen Zwillinge, und immer hartnäckiger quälte ihn der Gedanke, woher er diese Mißgeburten denn nun kannte, die er offenbar seit seiner Kindheit nicht mehr gesehen hatte.

Wir müssen euch unbedingt in Königgrätz besuchen, plapperte Lucie drauflos.

Unbedingt, wir bitten darum, stimmte Dutzi zu,

aber um ehrlich zu sein: Wir haben beschlossen, nicht erst zu warten, bis ihr uns im Theater besuchen kommt, und so waren wir nicht müßig und sind schon vor ein paar Wochen zu euch gekommen und haben euch unsere kleine Vorstellung zum besten gegeben.

Ach, mein Gott, was wollt ihr damit sagen, liebe Cousins?, fragte Lucie. Was wollen diese Gauner wohl damit sagen, Aleš?

Nicht mehr und nicht weniger, als daß wir unsere kleine Inszenierung für euch bereits gespielt haben. Und vielleicht verdienen wir dafür auch ein bißchen Applaus – so gut, wie wir waren, prahlte Putzi.

Wir haben die kleine Vorstellung auf dem Flughafen und in Paris für euch aufgeführt, verriet Dutzi.

Aber Lucie und Aleš hatten immer noch nichts kapiert, es war ein verflixtes Rätsel. Bis plötzlich Lucie, die schon immer eine schnellere Zündung hatte als Aleš, zusammenfuhr und sogar zuckte, sie stand auf und legte ihre linke Hand auf Putzis Glatzkopf, fuhr mit ihr auf und ab, als bürstete sie ein dickes Fell, und sagte: Wenn ich mich nicht irre, Putzi, dann hast du kurzgeschnittene rote Haare gehabt, genau, du warst der rothaarige Rüpel, während Dutzi (und sie legte die andere Hand auf Dutzis Glatzkopf und spreizte die Finger, als führe sie in einen üppigen Schopf) wiederum der sympathische Brünette war!

Richtig, bestätigte Putzi, wir haben uns ein bißchen geschminkt, weil wir nicht sicher sein konnten, ob ihr uns trotz all der Jahre nicht doch erkennt.

Flottes Schminken und Abschminken gehört zu unserer schauspielerischen Profession, ergänzte Dutzi.

Wir haben aber, möcht ich meinen, perfekt gespielt, sagte wieder Putzi, und um seine Worte zu unterstreichen, bildete er einen Ring aus Daumen und Mittelfinger und hob ihn in Kopfhöhe. In dem Moment hatte es auch bei Aleš gezündet.

Der eine hat den rothaarigen Rüpel gespielt und der andere wiederum den schwarzhaarigen Gentleman. Putzi hat euch gemein attackiert, und ich bin dann zu eurer Verteidigung angetreten, fuhr Dutzi fort. Dann sind wir mit euch nach Paris geflogen, haben aber so weit entfernt wie möglich gesessen, damit ihr uns nicht zufällig bemerkt. Erinnert ihr euch noch an das Café Beaubourg? Putzi hat euch plötzlich durchs Fenster gesehen, als ihr einen Tag früher als abgemacht dort aufgekreuzt seid, und zuerst wollten wir beide uns schön auf die englische Art verdünnisieren, aber dann bin ich doch geblieben, hab die schwarze Perücke aus der Tasche geholt, und schon war ich wieder Martin Wartemann. Allein schon der Name, nicht wahr!?

Wenn ich das richtig verstanden habe, wagte sich Aleš vor, dann muß noch ein dritter Cousin bei euch gewesen sein, Butzi oder Tzutzi, ebenfalls ein rothaariger Rüpel, der uns dann im Trabbi von Ruzyně nach Brünn gefahren hat.

Dutzi und Putzi schauten sich an und schüttelten die Köpfe.

Es gibt keinen Butzi oder Tzutzi, sagte Dutzi.

Und falls ihr noch einem anderen Rüpel begegnet seid, dann war der echt, fügte Putzi hinzu.

Die meisten Rüpel, müßt ihr wissen, sind nämlich echt, erläuterte Dutzi.

Evžen hat uns engagiert, damit wir Aleš' Mißtrauen gegenüber den Jordans den Stachel ziehen, erklärte Putzi, und wir haben zu diesem Zweck unter Evžens Assistenz eine Art Drehbuch ausgearbeitet und euch ein Spektakel über einen schwarzhaarigen Gentleman, einen großen Bewunderer der Jordans, vorgeführt. Auch die Geschichte der armen Leistungsschwimmerin Miroslava, die sich durch den Sport die Tuberkulose eingefangen hat, war Teil des Spektakels.

Warum decken wir es dann auf?, fragte Dutzi und gab sogleich selbst die Antwort: Vielleicht, weil es vor allem ein Spiel war! Wir wollten euch ja nicht betrügen, sondern euch Zugang zum Spiel verschaffen. Zunächst solltet ihr es von außen sehen und jetzt wiederum von innen, denn erst so seid ihr in der Lage, es wirklich zu verstehen.

Zuerst den Stachel des Unwillens und Mißtrauens ziehen und in der nächsten Phase zum eigentlichen Wesen führen. Wir wollen, daß ihr begreift, daß die Organisation und Struktur unserer Familie vielleicht einer Monarchie ähnelt...

Oder möglicherweise auch der Kirche...

Aber das, was sie tatsächlich zusammenhält, ist das Prinzip des Spiels selbst.

Und du, Aleš, bist einer der wenigen, die die tatsächliche Grundlage unserer Existenz kennen dürfen, und das nicht nur, weil du in den nächsten Tagen auf dem imaginären Thron der Jordans Platz nehmen wirst, sondern vor allem auch deshalb, weil gerade du …

Hier aber brach Dutzi unerwartet ab. Hatte er etwa Angst bekommen vor dem, was er Aleš offenbaren wollte? Oder fand er einfach nicht mehr die richtigen Worte für seinen Gedanken? Oder war ihm bewußt geworden, daß ein Tor ist, wer meint, daß das, was passieren soll, zuerst ausgesprochen werden muß? Wir werden es nicht mehr erfahren, denn die Cousins hatten es offenbar plötzlich eilig. Sie ließen Aleš, der nach Informationen lechzte, überhaupt nicht mehr zu Wort kommen. Einer der beiden entfernte sich kurz und kam mit etwas zurück, das Aleš im ersten Moment für einen königlich-hoheitlichen Umhang von Artus' Herrlichkeit hätte halten können und in den sie ihn jetzt feierlich einhüllten (die dunkle Mythologie der Jordans tritt vielleicht auch in derartigen textil-opulenten Details zutage). Es zeigte sich jedoch, daß es nur ein mit Pelz gefütterter Wintermantel war, wie ihn jede Fabrik für ihren Pförtner zur Verfügung hat.

Auf dich, Aleš, wartet eine Vigilie unten im Keller. Das ist nichts Angenehmes, es ist bitterkalt dort, und deshalb haben wir dir auch den gefütterten Mantel gebracht. Der Vigilie kannst du dich leider nicht entziehen, sie gehört zu den obligatorischen Ritualen aller Nachfolger. Du wirst dort weder rauchen noch irgend etwas trinken dürfen, und die einzige Möglichkeit, dir die Zeit zu verkürzen, besteht darin, im Sessel zu dösen. Für den Fall, daß etwas Außergewöhnliches passieren sollte, gibt es eine Signalvorrichtung: eine Seidenschnur, die in der Nähe des Sargs von der Decke herabhängt. Ich möchte dich aber gleich darauf hinweisen, daß sie – mit Verlaub – für die Katz ist, denn hier oben wird niemand mehr sein, der ein Signal hören würde. In einer Nische der Totenkammer findest du auch eine Toilette, die aber wirklich nur fürs kleine Geschäft ist, so daß du, solltest du doch etwas Größeres vorhaben, es noch hier oben erledigen solltest.

Die Cousins brachten Aleš dazu, den Wintermantel gleich anzuprobieren, und gaben ihm auch noch eine Ohrenfellmütze dazu.

Noch Fragen?, fragte Putzi, aber sie ließen ihm gar nicht die Zeit, etwas zu fragen. Keine, wie es scheint, lachten sie. Am meisten rührte Aleš, als sich Lucie, die nunmehr nur noch schwieg und sich nervös mit Fleischsalat vollstopfte, zu ihm über den Tisch beugte und ihm einen fetten Kuß auf die Stirn drückte. Aleš fühlte, wie er innerlich zusammenfuhr.

Unter dem Fenster auf dem Burianplatz gingen bereits die Lampen an, obwohl die Dämmerung noch weit entfernt zu sein schien.

Elf

Lucie und Dutzi und Putzi waren gegangen, und ich blieb allein, nicht nur am Tisch, sondern auch in den beiden Räumen. Für alle anderen war dieser Tag beendet, und sie würden sich erst am nächsten Tag, auf Seelchens Beerdigung, wieder treffen, und dann wiederum hier, bei der Trauerfeier.

Auf dem Tisch vor mir lagen der Wintermantel und die Ohrenmütze, was mich an die Zeiten erinnerte, als ich zum Nachtwächter eines Hühnerhofs mutiert und im Winter bei Eis und Schnee auf dem großen Platz herumgestapft war, von einer Schnellmasthalle zur anderen. Als ich gerade überlegte, daß ich den Mantel doch einfach liegenlassen und mich wie alle anderen verziehen könnte, hörte ich hinter meinem Rücken schlurfende Schritte. Ich drehte mich um und erblickte den Alten, der sich gleich vom ersten Moment an an mich rangemacht hatte und von dem Dutzi und Putzi behaupteten, er habe Alzheimer.

Gehen wir? Er wandte sich um und schlurfte davon, und es kam ihm überhaupt nicht in den Sinn, daran zu zweifeln, daß ich ihm folgen würde. Ich steckte die Mütze in einen Ärmel des Mantels, klemmte mir den Mantel unter den Arm und paßte mich dem Schritt des

Alten an; wir durchschlurften das leere Haus und stiegen in den mehrstöckigen Keller hinab. Das erste Souterrain war von Heizungsrohren gespickt, aber kaum waren wir noch tiefer hinabgestiegen, umwehte es mich kalt, und ich blieb stehen. Der Alte drückte einen Schalter, und das Licht, das bis zu dem Moment an der letzten Treppenstufe aufgehört hatte, ergoß sich nun über den ganzen Raum unter der Treppe. Ich sah einen Sarg, der einfach so auf dem Boden lag. Kein Katafalk und kein schwarzer Flor und kein Glanz goldener Fliegen auf dem Weg zum vorahnungslosen Schlaf. Und kein Licht der sieben Monde wachte hier über die Texte der Runen. Es handelte sich ja auch nicht um eine Zeremonienhalle, sondern nur um ein Lager für eingesargte Verstorbene. Hier sollte ich also meine Vigilie ausüben.

Als erstes wurde mir klar, daß der Raum überhaupt nichts Schreckliches, nichts Morbides an sich hatte. Aber auch überhaupt nichts Würdevolles. Es war schlicht ein Lager, und der einzige Sarg in dem riesigen leeren Raum sah wie ein vergessener Karton von irgendwelchen großen Schuhen aus. Als der Alte dann an den Sarg trat und sie anredete: Ich hab dir jemanden mitgebracht, Schwesterlein, kam es mir lustig vor; so ein Witzbold aber auch. Als er sich zu mir wandte und anmerkte, daß sie schon als kleines Mädchen ein gefährliches Biest gewesen sei, entgegnete ich, daß ich das gern glaube und es mir ziemlich gut vorstellen könne. Als er dann aber schließlich aufbrach und an mir vorüberging, hob er den Kopf und sprach mich noch einmal an.

Allerdings so leise, daß ich ihn nur noch mit Mühe verstehen konnte.

Ob du dich wohl noch manchmal an das Geschrei erinnerst?

Moment mal, Opa, was für ein Geschrei?, wollte ich fragen.

Und an den Gestank, erinnerst du dich nicht an den Gestank?

Ich weiß nicht, wovon Sie sprechen, wollte ich sagen.

Und du hast dich damals auch vollgepinkelt, oder?

Herrgott, lassen Sie das doch, wollte ich losschreien.

Und du hast dich damals auch vollgekackt, oder? Wahrscheinlich denkst du, daß das alles schon schrecklich lange her ist und daß es darauf nicht mehr ankommt. Du irrst dich! Es ist erst gestern gewesen!

Er drehte mir den Rücken zu und stieg die Treppe hinauf.

Am anderen Ende in der Ecke war etwas in die Wand geritzt, und ich trat näher, um es mir anzuschauen. Erfreut stellte ich fest, daß es eine Reihe von Rauten war. Als würde mir durch diese Bilderschrift eine fröhliche Botschaft mitgeteilt.

Ich mache immer den Fehler, daß ich alles so todernst nehme. Warum tanzte ich nun schon wieder nach ihrer Pfeife? Warum lief ich schon wieder mit einem Flansch unterm Kranhaken herum, und warum konnte ich wieder nicht anhalten? Wenn ich schon in die

Scheiße gelatscht war, sollte wenigstens mir klar sein, daß ich das alles nur als riesigen Unfug betrachtete!

Nachdem ich mir selbst die Absolution erteilt hatte, zog ich aus der Nebenkammer einen Sessel hervor, zwängte mich in den Wintermantel, setzte die Ohrenmütze auf und nahm Platz.

Natürlich erinnerte ich mich an das Geschrei und an den Gestank! Ich würde es nie vergessen können. Ich war es, der geschrien hatte, ich war es, der gestunken hatte!

Zwölf

Im Oktober 1956 kam es in einem Brünner Randbezirk (Obrzan) zu zwei brutalen Morden an Kleinkindern, einem Jungen und einem Mädchen. Beide Kinder wurden bestialisch vergewaltigt und erwürgt. Und weil an den höchsten Stellen Befürchtungen gehegt wurden, ein derart grauenhaftes Verbrechen könnte die öffentliche Meinung verunsichern, solange der Mörder nicht schnell gefaßt und bestraft wäre, und weil in Ungarn gerade zu jener Zeit erhebliche politische Unruhen ausgebrochen waren, die schließlich in einem antikommunistischen Aufstand gipfelten, und weil die Aufsichtsorgane der Meinung waren, daß der Funke aus Budapest zu uns herüberspringen könnte und jede Verunsicherung der öffentlichen Meinung daher äußerst unerwünscht war, wurde eine beschleunigte Untersuchung der Morde losgetreten, der jedes Ergebnis recht war.

Das erste Gesetz der Familie war es, sie als Gemeinschaft zu verteidigen. Das war auch der Hauptgrund, warum die Institution des Seelchens geschaffen worden war. Jeder, der den Ruf und den guten Namen der Familie und somit aller ihrer Angehörigen bedroht hatte, konnte mit Recht davon ausgehen, daß Seelchen gegen ihn einschreiten würde. Deshalb beabsichtigte sie natürlich auch nicht abzuwarten, bis auf Ludwig Jordan, von dem die Familie wußte, daß er die gesuchte Menschen-Bestie war, der Arm der Gerechtigkeit fiel.

In Ludwigs Wohnung (über der Obrzaner Gaststätte Zum Schlagloch) kam eine ausgewählte Gruppe zusammen, die die Familie repräsentierte, ein Urteil wurde gefällt und Ludwig durch den Strang hingerichtet. Danach wurde alles so angeordnet, daß keine Zweifel bezüglich Ludwigs Selbstmord entstanden.

Zur Teilnahme an der Exekution zog Seelchen auch Aleš und Lucie heran, die damals sechs Jahre alt waren. Vermutlich hatte sie sich deshalb dazu entschlossen, damit der Mörder in seinem Todesstündchen Gesichter vor Augen hatte, die ihn an sein Verbrechen erinnerten, oder hatte sie bei ausgewählten Kindern den Sinn für fanatische Disziplin schärfen wollen?

(Der Arm des Gesetzes fiel dann ganz woanders hin, die Kriminalbeamten fanden einen anderen Schuldigen, natürlich vollkommen unschuldig, wie es damals üblich war.)

sie hängten das Seil an einem Haken auf, von dem sie vorher den Lüster abgenommen hatten, und ich erinnere mich ganz deutlich, wie sie die Tragfähigkeit des Hakens prüften, wie jemand auf einen Stuhl kletterte, sich mit beiden Händen am Seil festhielt und sich wie ein Affe hochzog, während wir einen Kreis bildeten, einen kleinen Kreis um den Stuhl unter dem Haken mit dem Seil herum, und eine kleine Gasse frei ließen, durch die dann Onkel Ludwig geführt wurde; man zwang ihn, auf den Stuhl zu steigen, aber erst dann kam jemand auf die Idee, daß man noch einen Stuhl brauchte, und es war deutlich, wie verärgert Seelchen war, was für Dummköpfe sie doch waren – sie selbst holte den zweiten Stuhl, und jemand mit einer Kappe über dem Kopf stieg nun auf den zweiten Stuhl und blieb eine Weile vor dem Onkel stehen, der mit verbundenen Händen auf dem ersten Stuhl stand, sie schauten sich einen Moment durch die runden Öffnungen in der Kappe in die Augen, erst dann legte der Henker ihm die Schlinge um, ich glaube, daß das Ganze wie eine Szene aus dem Laientheater aussah, aber damals war es mir absolut nicht bewußt, ich war sechs, Lucie und ich waren die einzigen Kinder dort, wir verstanden nicht, was vor sich ging, bis heute habe ich nicht verstanden, warum Seelchen gerade uns ausgesucht hatte (heute steht das Haus nicht mehr, es wurde irgendwann in den siebziger Jahren abgerissen); dann verlas Seelchen das Urteil, aber der Onkel begriff es erst, als sie Lucie und mir befahl, ein paar Schritte näher an ihn heranzutreten, in die Mitte der kleinen Runde, Lucie packte meine Hand, und der Onkel begann zu zittern und zu flehen, ihn doch gehen zu lassen; Seelchen sagte etwas zu dem Mann mit der Kappe, woraufhin dieser niederkniete, den Stuhl an den Beinen packte und heftig daran riß, bis er wegflog, und der Onkel verstummte; ich schloß die Augen, aber es war schon zu spät – ich hatte bereits soviel gesehen, daß es in mir explodierte, ich begann zu schreien, aber es kamen nicht nur Laute aus mir heraus, ich pißte und schiß mich voll

Bei der Erinnerung an jenen Herbsttag hatte Aleš immer ein Gefühl der Unwirklichkeit. Gleichzeitig war die Erinnerung aber allgegenwärtig. Er dachte darüber nach, ob nicht der Grund, daß er sie nicht loswerden konnte, gerade in ihrer Unwirklichkeit lag.

Einmal war er in die Universitätsbibliothek gegangen und hatte dort im Lesesaal über alten Zeitungsjahrgängen gesessen. Aber in den Zeitungen jener Tage fand er nur Aufnahmen, die das Wüten der Konterrevolution in Budapest dokumentiert und damit den Einzug der sowjetischen Panzer gerechtfertigt hatten. Es war ihm jedoch bewußt, daß das nicht überraschend war. Über bestialische Morde bei uns hatte man in den damaligen Zeitungen meist überhaupt nicht geschrieben, solange es sich nicht um das Wüten der »Diversanten« gehandelt hatte.

Ein andermal kam ihm in den Sinn, daß er sich die Bücherei in Bílovice vielleicht deshalb ausgesucht hatte, weil es von dort nicht weit nach Obrzan war. Er ging dann an der Zwittawa entlang, bis er an die Stelle kam, wo sich damals die Kneipe Zum Schlagloch befunden hatte. Nun aber zeugte gar nichts mehr davon, daß es dort jemals etwas Derartiges gegeben hatte.

Dreizehn

Schließlich schlief er ein, umhüllt vom pelzgefütterten Mantel und im Sessel, den er aus der Nebenkammer geholt hatte. Vermutlich war es das Werk der Gläschen, die er oben mit seinen Cousins geleert hatte. Leider währte sein Schlaf nicht lange, denn ein banger Traum weckte ihn wieder auf.

Als er die Augen öffnete, schien sich alles mit einem Mal verändert zu haben. Der Kellerraum, der bis dahin wie ein gewöhnliches Lager ausgesehen hatte, gewann plötzlich düstere Konturen, und Seelchens Sarg ähnelte überhaupt nicht mehr einem großen Schuhkarton. Erst der Traum hatte ihn also wie ein Aufzug in die Totenkammer mit Seelchen befördert. Er spürte, wie er schwitzte, er knöpfte den Mantel auf und nahm die Ohrenmütze ab.

Dann kam ihm etwas in den Sinn. Er erschrak, sprang auf, eilte zur Treppe und lief wie ein Reh hinauf. Oben jedoch war nicht abgeschlossen. Er konnte vom Keller ins Erdgeschoß hinaufgehen, stellte sogar fest, daß auch die Tür zur Straße nicht verschlossen war. Das Haus war still und leer, draußen war friedliche, ruhige Nacht, und über den Burianplatz fuhr gerade die Nachtstraßenbahn mit einem einzigen Fahrgast, der den in der

Tür stehenden Aleš aufmerksam beobachtete. Für einen Augenblick trafen sich ihre Blicke.

Also, was tue ich noch hier?, fragte sich Aleš, kehrte in den Flur zurück, ließ den Mantel auf den Boden fallen und war im Begriff, das Haus zu verlassen. Und er verstand nicht, warum es letztendlich nicht dazu kam, warum er den Mantel wieder aufhob und, obwohl sich alles in ihm dagegen wehrte, zurück in die Totenkammer hinabstieg.

Womit hielt Seelchen ihn nach wie vor fest? Und warum hatte es mit ihrem Tod kein Ende genommen? Wieso konnte er sich wieder nicht dagegen auflehnen? Er stand da und spürte, wie ihn der Ring weiterhin eng umschloß. War sie überhaupt gestorben? Was wußte er eigentlich darüber? Nur das, was man ihm gesagt hatte. Aber wie konnte er Gewißheit erlangen? Genug jetzt, genug, war er denn verrückt geworden? Und wie lange wollte er damit noch weitermachen? Wie weit hatte er vor zu gehen? Würde er jetzt etwa zum Sarg gehen und anklopfen oder was?

Noch einen Augenblick blieb er bewegungslos stehen, dann trat er tatsächlich an den Sarg und berührte ihn widerwillig, wobei er feststellte, daß der Deckel nur locker aufsaß. Er faßte ihn mit beiden Händen und hob ihn etwas an: Er sah Seelchen, wie sie mit geschlossenen Augen dalag, und Friede ergoß sich über ihr Antlitz. Dann setzte er den Deckel vorsichtig wieder auf.

Er entfernte sich langsam vom Sarg, bis er gegen die Wand stieß. Er schloß die Augen, wußte aber sofort, daß es bereits zu spät war und daß es nun explodieren würde. Er fuhr zusammen, und ohne sich eigentlich zu vergegenwärtigen, was er tat, ging er zum Sarg zurück.

ich stieß gegen den Sarg und schleuderte den Deckel runter, daß es im Keller nur so donnerte, ich drehte mich mit dem Rücken zum offenen Sarg, ließ schnell die Hose runter, ging in die Hocke und griff nach hinten, um mich zu vergewissern, daß ich mit dem Hintern über Seelchens Kopf hing; ich stützte mich mit den Händen auf den Sargrand und begann zu schreien, aber es kam nicht nur das Geschrei aus mir heraus, sondern auch der ganze Inhalt der Gedärme, dann griff ich, immer noch blindlings, in den Sarg und ertastete irgendeinen Stoff, ich schob den Hintern näher heran und wischte ihn gründlich ab

Aleš zog sich die Hose wieder hoch, wandte sich – nun aber mit geöffneten Augen – zum Sarg um und schaute eine Weile hinein. Dann setzte er wieder den Deckel auf.

Und er verließ das Haus mit dem Wintermantel im Arm.

Dieser Mantel (im folgenden nur noch »Begräbnismantel«) wird in dieser Geschichte noch eine Rolle spielen.

Vierzehn

Das, was in der Nacht in der Totenkammer geschehen war, hatte die Entscheidung gebracht.

Niemand hatte sich Toni Jordan mehr in den Weg gestellt, und er sprach auf Seelchens Beerdigung, wie es das Privileg derjenigen war, die die Nachfolgerschaft übernahmen. Die Rede war langweilig und dumm, denn er hatte auf die Schnelle niemanden auftreiben können, der sie ihm geschrieben hätte, aber es schenkte ihr sowieso keiner Aufmerksamkeit. Alle waren noch zu sehr betroffen von dem, was sich in der Totenkammer ereignet hatte. Erst mit dem Abstand einiger Monate wurde deutlich, daß Toni Jordan gewisse Hoffnungen weckte. Nach dem überalterten Seelchen, dieser Matrone pompöser Unbeweglichkeit, war da endlich wieder jemand, der vor Vitalität überschäumte und zudem seine eigenen Vorstellungen von der Zukunft der Familie hatte.

Aleš trennte sich somit definitiv von seiner Familie, er brach alle Kontakte ab und zweifelte sogar einen Moment lang, ob er das Haus am Mojmírplatz behalten durfte. Ihm wurde bewußt, daß er da im Keller eigentlich ein uraltes Ritual vollzogen hatte, ein sehr derbes heidnisches Ritual, das einst zur Austreibung der »Geister der Vergangenheit« vollzogen wurde. So war er seine Probleme losgeworden, die ihn bis dahin mit hündischer Treue begleitet hatten. Der Traum war nun verduftet, und das, was vor jenen langen Jahren geschehen war, konnte ihm endlich gleichgültig sein.

Lucie verstand Aleš, wenngleich sie es gewiß besser gefunden hätte, wenn er schon damals so mutig gewesen wäre, es Seelchen zu sagen, als er sie in der Talgasse besucht hatte. Im Gegensatz zu Aleš brach sie den Kontakt zur Familie aber nicht ab (von Zeit zu Zeit nahm sie an einer Familienunternehmung teil, sie suchte sie nicht, ging ihnen jedoch auch nicht aus dem Weg), obwohl sie spürte, daß die Jordan-Gattinnen sie mit einem gewissen Mitleid ansahen. Sie zweifelte nicht daran, daß es sich mit der Zeit geben würde.

Evžen bemühte sich, die Wogen zu glätten, und trotzte allen radikalen Vorstellungen, man solle Aleš den Psychiatern und der Obhut einer Anstalt anvertrauen, mit dem Hinweis, daß dann natürlich die Gefahr drohe, daß jemand davon erführe, was vor fünfunddreißig Jahren geschehen war (ihr dürft nicht vergessen, daß wir, als Aleš als Kind in der Irrenanstalt war, dort unseren Mann hatten, den Psychiater Zdeněk Jordan, Friede seiner Seele, Friede seiner Asche). Nach dieser Beteuerung schauten die Jordans Aleš zwar nicht mit größerem Verständnis an, sie respektierten jedoch, daß er ansonsten ein harmloser Idiot war, und ließen den Käfer am Leben.

Wenn wir jetzt ein bißchen übertreiben, können wir

getrost behaupten, daß alles zur allgemeinen Zufriedenheit gelaufen war, und machten wir jetzt Schluß, könnten wir beruhigt unsere Leselampen ausknipsen und ruhig schlafen.

Fünfzehn

Aber noch mal zurück zur Beerdigung. Ich war nämlich nicht der einzige Jordan, der nicht daran teilnahm.

Ihr beide solltet euch unbedingt treffen. Ich vereinbare für dich ein Treffen mit ihm, wenn du willst.

Ohne abzuwarten, ob ich nun wollte, rief Lucie einen der Brünner Jordans an, bei dem der Priester Filip Jordan untergebracht war. Er hatte nicht an der Beerdigung teilgenommen, weil er sich im Krankenhaus einer Blinddarmoperation hatte unterziehen müssen, und beeilte sich jetzt, es dadurch wieder gutzumachen, daß er an Seelchens Grab betete.

Also nicht nur auf Erden, sondern auch im Himmel haben sich die Jordans abgesichert?

Er ist Geistlicher in einem heruntergekommenen Dorf irgendwo in Nordböhmen, hat dort eine halbverfallene Kirche, umgeben von einem unvollendeten Friedhof (also das ist Lucie nun wirklich gut gelungen – »unvollendeter Friedhof« als Pendant zur »unvollendeten Ehe«? –, aber unterbrechen wir sie nicht, pardon), und weit und breit kein gläubiger Christ, ein Missionar in einer geistigen Wüste. Nur Junkies heulen dort, und Skins bellen…

Aber das bestätigt doch nur, was ich sage. Würde er dem Herrn nämlich nicht beispielhaft dienen, wäre er den Jordans als himmlischer Fürsprecher wenig nützlich. Ich muß zugeben, daß es mich mit einer tiefen inneren Freude erfüllt, daß die Jordans jemanden haben, der noch exzentrischer ist als ich.

Als Lucie den Hörer aufgelegt hatte, teilte sie mir mit, daß nun die letzte Gelegenheit wäre, falls ich Filip noch sehen wollte, denn er sei gerade auf dem Friedhof, von wo er direkt zum Zug nach Nordböhmen gehen werde. Ich sagte, er könne von mir aus zu zwanzig Zügen gehen, mir sei es egal. Und gleich darauf verduftete ich tralala durch das Hintertürchen.

Auf dem Weg zum Friedhof wurde mir klar, daß ich mir manchmal selbst ein Rätsel bin. Ich war mir überhaupt nicht sicher, was mich zu dem Treffen mit Filip bewog, und erst aus sehr großem Abstand heraus und ganz am Ende meiner Geschichte habe ich begriffen, wie wichtig das Treffen war.

So sah ich nach langer Zeit die Grabstätte der Jordans wieder (zum letzten Mal war ich bei der Beerdigung meiner Eltern dort gewesen, und das war nun fast zwanzig Jahre her, für ihre Gräber wurde auch ohne mein Zutun gesorgt). Eine Besonderheit unterschied die Grabstätte von allen anderen auf dem Zentralfriedhof. Während andere Grabmale ihrer Buntmetalle in Form von Engelchen, Täubchen, Büsten, Reliefs und mannigfaltigen sakralen Artefakten gründlich entledigt wurden, streckte sich der sakrilegische lange Finger niemals nach den Gräbern der Jordans aus, denn sie wurden von den scharfen Jungs eines Sicherheitsdienstes bewacht, die sich dort Tag und Nacht abwechselten und bei Dunkelheit mit leuchtenden Scheinwerfern und einem Schäferhund ohne Maulkorb unterwegs waren. Hier möchte ich anmerken, daß mir erst an der Grabstätte der Jordans aufging, wie unsterblich dieses Geschlecht war, und erst das perfekt durchdachte Ordnungssystem der Gräber, diese lebendige Matrize der Familienhierarchie und des Ruhms, hätte mir das tiefe Erlebnis der Wesensverwandtschaft ermöglicht, wenn ich mich darum geschert hätte.

Ich hatte mir vorgestellt, Pater Filip im Gebet an Seelchens Grab anzutreffen, aber da kniete oder stand niemand. Erst als ich mich etwas umschaute, erblickte ich unter einer ausladenden Kastanie am Friedhofsweg zwei Menschen auf Gartenstühlen, die sich angeregt unterhielten und Kaffee tranken. Am Fuß eines der Stühle stand eine schwarze Dienstthermoskanne in Habtachtstellung, und ihr Besitzer trug eine Pistole und noch etwas anderes umgeschnallt, was entweder ein längerer Dolch oder ein kürzerer Schlagstock war. Da erhob sich der andere auch schon und kam mir entgegen. Er hatte mich sofort erkannt und behauptete, daß es schwierig sei, mich nicht zu erkennen, weil die Familienähnlichkeit geradezu aus mir herausschreie, ich kann mir nicht helfen, aber Sie sind vielleicht der Jordanste aller Jordans. Ich wollte mich gegen eine so grobe Anschuldigung verwehren beziehungsweise mich für die so tiefsinnige Verbeugung bedanken, tat aber weder das eine noch das andere, weil sich Pater Filip schon bei mir eingehakt hatte und mir erklärte, daß er außerdem gewußt habe, daß ich zu ihm kommen würde.

Hat Lucie Sie angerufen?

Er lächelte, ließ mich los und warf die Arme auseinander, damit ich sah, daß er kein Handy bei sich hatte. Ich wußte es einfach, wie man manche Dinge halt weiß.

Der Jordansche Friedhofsbodyguard kam zu uns und bot mir auch eine Tasse aus der schwarzen Dienstthermoskanne an. Nachdem ich jedoch abgelehnt hatte, verzog er sich in angemessene Entfernung, um nicht zu stören.

Über dem Friedhof kulminierte gerade in dem Moment die Sonne des beginnenden Sommers, und ein Lichtnetz drang durch die dichten Baumkronen. Ich beobachtete die auf dem Boden versprengten Flecken, als wartete ich auf den Befehl der himmlischen Fischer, die Netze wieder hochzuziehen, aber Pater Filip schaute wieder auf seine Armbanduhr und stellte fest, daß es an der Zeit war, sich langsam auf den Weg zum Zug zu machen, und daß wir uns auf dem Weg dorthin alles erzählen könnten.

Ahnen Sie denn wirklich nicht, warum Sie zu mir gekommen sind? Warum sucht man wohl einen Priester auf, sagen Sie es mir.

Was wollen Sie hören? Zum Priester geht man, um

zu beichten. Aber das ist überhaupt nicht mein Fall. Ich bin aus reiner Neugier gekommen. Ich wollte den Priester sehen, der den Schlüssel zum Jordanschen Himmelstor hat.

Ha, ha, da lachen ja die Hühner, sagte Pater Filip.

Im Gespräch schritten wir durch die Metropole der Toten, die sowohl von gallertartigen Größen bewohnt war, deren ehrwürdige Überreste von mächtigen Beschwerern aus Stein, Granit, Sandstein oder Marmor festgehalten werden mußten, damit sie nicht Tag und Nacht ostentativ levitierten, als auch von absolut namenlosen Toten, auf deren Gräbern nur noch von Rost zerfressene Schilder oder leicht eingebrochene Grasinseln übriggeblieben waren, nachdem der Sarg drinnen zusammengefallen war, ein ziemlich obszöner Laut, der mich im Beisein des Priesters erröten ließ.

Sieh mal einer an, Sie sind rot geworden? Natürlich weiß ich, was Ihnen vor Seelchens Beerdigung widerfahren ist. Es ist Blasphemie, man kann es nicht anders nennen – den Sarg der Toten aufzumachen und das zu tun, was Sie getan haben. Sie sind zu mir gekommen, um die Absolution zu erhalten. Das ist der verborgene Grund, von dem Sie nichts gewußt haben.

Ha, ha, da lachen ja die Hühner, sagte ich (mit zusammengeschnürter Kehle).

Der Priester schüttelte jedoch den Kopf. Aber nein, Lästerung ist kein Ausdruck von Gleichgültigkeit. Lästern tun diejenigen, die auf dem Weg zu Gott sind. Lästerung ist eine Art Gebet. Ich verrate Ihnen etwas: Praktisch alles, was mit Ihnen geschieht, schiebt Sie nur auf seine Art zu einem heute noch unsichtbaren Ziel. Gott hat nämlich eine sehr eigene Bestimmung für Sie.

Und woher wissen Sie von meiner sehr eigenen Bestimmung? Aus der Himmelspost?

Nun, wand sich der Priester, sagen wir, daß ich ein gewisses ... wie soll ich es ... eschatologisches Talent habe. Und zu jedem Talent gehört auch Intuition, nicht wahr? Das ist aber mehr Ahnung als Wissen. Soviel weiß ich nämlich gar nicht. Wenn Sie mich beispielsweise fragen würden, was für eine besondere Bestimmung Gott für Sie hat, würden Sie mich in Verlegenheit bringen.

Als ich am nächsten Tag darauf zurückblickte, was Filip Jordan mir gesagt hatte, war mir mit einem Mal absolut klar, daß sich alles im Rahmen des Impliziten bewegt hatte. Sicher, Gott hatte eine besondere Bestimmung für mich, aber für wen hatte er die nicht? Und Lästerung als Weg zu Gott! Ich denke, daß zu diesem Thema an den theologischen Fakultäten bereits ganze Dissertationen verfaßt wurden! Und so tat ich die ganze Begegnung ab. Wenn ich damals gewußt hätte, was ich eines Tages wissen sollte, hätte ich bestimmt versucht, mehr aus Filip rauszukriegen, ich hätte ihn nicht einfach so gehen lassen, hätte alles aus dem Priester rausgeholt, hätte ihn in eine Brikettpresse gesteckt. Nur hatte ich eben nichts geahnt. Genauso, wie wir nie genau wissen, welchen Sinn das, was mit uns geschieht, wirklich hat und wohin wir auf unserem Lebensweg geschoben werden.

Vierzehn Tage später fuhr ich dann nach Prag zu einem Treffen der im Verband SKIP organisierten Bibliothekare. Wir hatten im altehrwürdigen Klementinum eine Jahresversammlung, die vom Direktor der Nationalbibliothek selbst, Doktor Balík, eröffnet wurde. Ich trat mit einem pessimistischen Beitrag über die Nicht-Zukunft der Bibliotheken auf, die gerade eine neue geistige Epoche angetreten hätten, in der das Sammeln von Bücherbeständen seinen Sinn verlöre, wie es auch einst das Abschreiben von Manuskripten in Klöstern getan hätte. Obwohl ich absolut nichts Neues sagte (dies ist ein furchtbar abgewetztes Thema), hatte ich erwartet, daß sein Hineintragen direkt in die Mitte der bibliothekarischen Gemeinschaft, auf den heiligen Boden der Nationalbibliothek, gleichsam einer Pestinfektion vielleicht doch eine Art Immunreaktion hervorrufen würde, aber man ignorierte meine Rede einfach. Während der Metrofahrt zum Busbahnhof, von wo es dann weiter nach Brünn ging, brachte ich eine Kollegin aus Boskovice gegen mich auf.

Sie nehmen dich nicht ernst, weil du zu lange von der Bibliothek weg warst. Fast zwanzig Jahre, nicht wahr? Und jetzt haben alle das Gefühl, daß du dich für einen Märtyrer hältst, der seinen Heiligenschein über die bibliothekarische Professionalität stellt.

Aha. Sonst noch was?

Daß du um jeden Preis originell sein willst.

Und sonst?

Und außerdem bist du ein Jordan, oder?

Klar bin ich ein Jordan, sagte ich verbittert. Und du, Marie, denkst auch, daß ... Aber ich beendete meine Frage nicht mehr.

Was ist, Aleš, was ist passiert?, erschrak meine Boskovicer Kollegin, als wir auf der Rolltreppe aus den Tiefen der Metro hinauffuhren. Du guckst, als hätte dich der Tod angerempelt.

Und weißt du was, das stimmt! Aber ich versuchte gleich, es in einen Scherz umzuwandeln, und führte Marie vor, wie klein der Sensenmann gewesen sei (wie ein Ziesel). Nein, wirklich, gar nichts ist los, behauptete ich. Es war aber eine mannshohe Lüge. Als wir nämlich die Rolltreppe hinauffuhren, sah ich Pater Filip in der Gegenrichtung nach unten fahren. Ich konnte mich nicht irren, hatte ich ihm doch aus unmittelbarer Nähe in die Augen geschaut. Als wir aneinander vorbeifuhren, grinste er, daß es mir kalt den Rücken runterlief.

Noch heute verstehe ich nicht, warum ich es danach nicht einmal vor Lucie erwähnt habe. War schon damals der Samen des Mißtrauens in mir aufgekeimt, der eines Tages, wie wir noch sehen werden, zur traurigen Frucht heranreifen sollte? Statt dessen tat ich etwas anderes. Ich ließ mir bei der Auskunft die Telefonnummer jenes nordböhmischen Pfarramtes geben und trug sie lange Zeit im Portemonnaie. Ich spielte mit dem Ge-

danken, Filip anzurufen. Aber ich habe die Nummer
nie gewählt. Bis der Zettel vergilbte und sich dahin ver-
abschiedete, wohin sich alle Zettel verabschieden.

Sechzehn

Die Jahre vergingen, und ich konnte mich gewiß nicht beklagen. Bibliothekar in einer kleinen Leihbücherei außerhalb des Stadtrands zu sein war zwar kein Sechser im Lotto, aber es war immerhin die Gegend, in der das schlaue Füchslein einst den Dichter Kostka Neumann und seine fröhlichen Kumpanen auf seinem Schweif spazierenfuhr. Außerdem hatte meine Frau einen lukrativen Beruf, vermutlich auch ein Verdienst der Jordans. Sie war Betriebswirtin in einer Gesellschaft, die sich um die Einführung der Supermärkte Mana in unserem Landkreis kümmerte. Wir konnten uns deshalb einiges leisten und schafften uns selbstverständlich auch ein Auto an (den exklusiven Mazda Emotion), das aber ausschließlich von Lucie genutzt wurde, weil ich keine Lust mehr auf Fahrschule und außerdem den begründeten Verdacht hatte, daß es mir keinen Spaß machen würde, am Lenkrad zu sitzen.

Wie aber die Zeit verflog, erreichten mich durch Lucie und auch auf anderem Wege immer häufiger Meldungen, daß sich die Jordans zu dem, was sie heute zu sein hatten, stets skeptischer und unwirscher äußerten. Sie fingen anscheinend sogar an zu meckern (wie Lucie mir verriet), daß es unter den Kommunisten doch viel besser gewesen sei. Ich hörte mir die unerhörten Neuigkeiten ohne Interesse an. Die Tatsache, daß mir die Familie gestohlen bleiben konnte, hinderte mich nicht daran festzustellen, daß mich das überhaupt nicht überraschte, denn überleg doch mal bitte, wie viele Jordans unter den Kommunisten hohe Posten bekleidet haben, und korrigier mich, wenn ich mich irre.

Aber die Jordans, wandte Lucie ein, leben auch jetzt wie die Maden im Speck, sie stehlen alles, was nicht niet- und nagelfest ist, und betrügen am laufenden Band, und wenn sie unter den Kommunisten in einer goldenen Kutsche fuhren, so fahren sie jetzt in einer diamantenen.

Dürfte ich dann noch wissen, warum sie meckern?

Vielleicht deshalb, weil das neue Seelchen…

Der neue Seelchen, berichtigte ich.

Verzeihung, weil der neue Seelchen dort neue Sitten einführt.

Dafür ist er ja da, der Neue, um neue Sitten einzuführen. Wäre ich Seelchen geworden, hätte ich es nicht anders gemacht. Das hat man doch sogar erwartet, oder nicht?

Es geht nicht darum, daß sie neu sind, sondern darum, daß sie ziemlich merkwürdig sind.

Das überrascht mich aber wirklich, ha, ha. Ich habe nie an den merkwürdigen Praktiken unserer lieben Cousins, Onkel und Tantchen gezweifelt.

Wie wär's, wenn du mich mal ausreden lassen würdest? Wenn die Jordans bis jetzt wie eine Monarchie oder eine religiöse Gemeinschaft oder, wenn du so willst, Sekte organisiert waren, so ist es jetzt fast eine Art Gang.

Und was haben unsere kleinen Dummerchen nun erwartet, wenn sie nur aufs erfolgreiche Betrügen und Stehlen aus waren? Toni Jordan hat aus ihnen also eine Gang gemacht?

Etwas in der Art. Weißt du, ab und zu bekommen sie es mit der Angst zu tun, wo das mal enden soll. Denn alles hat ja seine Grenzen, und manche der Jordans denken, daß sie wohl schon überschritten sind.

Sieh mal einer an – die Moralisten. Aber genug von den Jordans, ich habe versprochen, dir etwas zu zeigen.

In Bílovice zu leben hatte einen unvergänglichen Charme, den ich mir ständig lobte, denn auch deswegen hatte ich mich dort eingenistet.

Ein Stück hinter dem Haus mit der Bücherei begann der Hang, und ich reichte Lucie die Hand und half ihr hinaufzusteigen, warte mal, ich hab doch hohe Absätze, muß ich mir das denn ausgerechnet heute ansehen, klar, mußt du, und dann drangen wir durch das widerspenstige Dickicht, bist du verrückt geworden, ich geh kein Stück weiter, ich hak mich hier ein, und du kriegst mich nicht los, dann drangen wir durch das widerspenstige Dickicht bis nach oben durch, es war ein trüber Herbsttag, den wir als Kinder immer Trübling genannt hatten, und wir trafen auf genau das, was ich Lucie hatte zeigen wollen.

Im Zwittawa-Tal wälzten sich schon die Nebelschwaden wie große grunzende Schweine über den Fluß, und der Blick von oben hinunter rief ein angenehmes Schwindelgefühl hervor.

Jordan zu sein bedeutet, von so einer Schönheit nichts zu wissen, für die ist nur das schön, was sie zuvor in Reisekatalogen gesehen haben. Ich bückte mich nach einem kleinen, feuchten Stein, wendete ihn in den Händen und zeigte ihn Lucie: Siehst du, das ist unsere Eintrittskarte in den Himmel, während sie zu großen Erlebnissen das Bewußtsein brauchen, daß Julia Roberts so ein Steinchen in den Händen gehalten hat. Und wenn ihr Václav Klaus einen Furz läßt, dann riechen sie daran mit einer religiösen Verzückung wie an Weihrauch.

Irgendwie scheinst du zu vergessen, Liebling, daß wir doch auch Jordans sind.

Von wegen, mein Goldschatz, wir sind nur ihre Mißgeburten, Deserteure und schwarzen Schafe. Wir sind die Schattenseite des Jordanschen Mondes. Sie sind es, die in Prag frühstücken, auf Long Island Lunch einnehmen und auf Mallorca dinieren, wogegen wir in derselben Zeit mit außerordentlichem Vergnügen weitere hundert Seiten der gesammelten Erzählungen von Bernard Malamud lesen. Für sie ist eine Abendparty in Anwesenheit von Stars der Popkultur und Poppolitik ein Top-Event und der Blick in das eigene Gesicht auf der Story-Titelseite ein transzendentales Erlebnis, und der höchste Wert ist die Macht über den Menschen oder zumindest die Möglichkeit, jemanden von Zeit zu Zeit ein bißchen zu manipulieren, während für uns – ich wollte fortfahren, aber Lucie gebot mir rechtzeitig Einhalt, bevor ich mich gänzlich blamierte. Denn an der Theatralik meines Auftritts und der Überzeugtheit, mit der ich meine eigene Wahrheit vortrug, konnte man nur zu gut erkennen, daß ich durch und durch ein Jordan bin, berauscht von dem Bewußtsein, daß gerade er selbst alles am besten weiß.

Folglich schämte ich mich und stieg wieder hinunter in die Bibliothek, um das von den Ahnen geerbte Feld in Kleinarbeit zu bestellen. Ich mußte allerdings zugeben, daß Lucie ganz schön hinlangen konnte, wenn ihr danach war.

Einige Tage nach dem gerade Geschilderten geschah etwas wirklich Überraschendes. Meine Cousins Dutzi und Putzi, deren Existenz ich mittlerweile mit Vergnügen vergessen hatte, besuchten mich. Zuletzt hatte ich sie ja an dem heute schon so weit entfernten Abend vor Seelchens Beerdigung gesehen. Vor allem hatte ich das Gefühl, daß sie nicht älter wurden, wie es vornehmlich bei Märchengestalten der Fall ist. Es waren immer noch dieselben fröhlichen Glatzköpfe. Trotzdem nahm ich mich vor ihnen in acht und sagte mir: Also gut, was wollt ihr wohl, ihr Schlingel?

Eigentlich wollten sie gar nichts. Sie waren am Vortag zu einem Gastspiel des Königgrätzer Theaters nach Brünn gekommen und brachten mir Karten für die heutige Abendvorstellung. Es war ein norwegisches Stück von einem Autor mit einem für uns unaussprechlichen Namen, es hieß *Sand in den Augen* und spielte im vierzehnten Jahrhundert unter der Herrschaft des dänischen und norwegischen Königs Olav V. Und sie spielten darin zwei Clowns, was sonst. Sie hätten auch schon mit Lucie gesprochen, die ganz gern hingehen würde.

Werden alle Jordans dasein?

Der ein oder andere Jordan wird sich garantiert blikken lassen, aber ihr werdet eure Loge haben, im Prinzip müßt ihr ihnen gar nicht über den Weg laufen.

Lesen die Leute noch?, fragte Dutzi, eingezwängt zwischen den Regalen.

Etwa dreißig Prozent kommen wegen der Bücher, der Rest wegen Internet.

Also wirst du hier zu guter Letzt nur noch der Internetverwalter sein?

Ein apartes Teil, schlaumeierte Putzi und sah sich Kocmans Kolibri im Käfig an; er schüttelte den Käfig, und der Kolibri flatterte unglücklich darin herum, während ich meinen Cousins die Flasche öffnete, die sie sich mitgebracht hatten.

Sind das deine Eltern, die bei dem Unfall auf der D1 umgekommen sind?, fragte Dutzi und trat mit einem eingerahmten Foto ans Licht, während ich den Rotwein in die Gläser füllte.

Dein Vater war nichts Besonderes, seufzte Dutzi, aber deine Mutter hat eine fantastische Ähnlichkeit mit Marlene Dietrich. Ist das schon mal jemandem aufgefallen?

Das sind doch gar nicht meine Eltern, sondern Marlene Dietrich mit dem Regisseur Fritz Lang.

Nachdem Putzi und Dutzi den Wein gekostet hatten, fingen sie an zu erzählen, was ich danach als den eigentlichen Grund ansah, weswegen sie sich in die Bílovicer Bibliothek zu mir herbemüht hatten.

Mit den Jordans geht es also bergab? Was für eine Neuigkeit! Und außerdem wüßte ich gerne, was mich das angeht?

Du wirst böse sein, sagte Dutzi oder Putzi, du wirst böse sein, aber irgendwie ist es deine Schuld. Wenn du nämlich damals die Nachfolge angenommen hättest, anstatt ihren Sarg vollzuscheißen...

Darüber will ich nicht reden, machte ich den beiden Clowns klar. Wenn du nicht reden willst, werden wir auch nicht reden, aber schon im nächsten Satz kamen sie wieder auf das Thema zurück. Ich hatte Lust, sie auf der Stelle mit einem Tritt hinauszubefördern, aber sie spielten es wieder ins clowneske Abseits, sie sprachen todernst und drehten dann wieder alles zu einem Scherz um, so daß ich ihnen nicht böse sein konnte, auch wenn ich mich sehr darum bemüht hatte. Darin bestand wohl auch ihr schauspielerisches Talent: Sie waren nicht greifbar. Ich erfuhr von ihnen auch nicht mehr, als ich schon von Lucie wußte. Daß nämlich Toni die Jordans in irgendeine dubiose Sache verstrickte und daß es allmählich anfing, zum Himmel zu stinken.

Eins verstand ich aber immer noch nicht. Und jetzt mal im Ernst, Jungs, warum seid ihr zu mir gekommen – um darüber zu plaudern? Und sie erklärten mir, daß es prima sei, mit jemandem darüber zu sprechen, der außen vor sei, den es quasi nicht betreffe! Woraufhin ich sie darauf aufmerksam machte, daß es mich nicht nur »quasi«, sondern überhaupt nicht betreffe!

Nur ruhig, Aleš, sagte Putzi, dann sind wir eben zum Plaudern gekommen mit jemandem, den es überhaupt nicht betrifft. Und deshalb können wir auch frei von der Leber weg und ohne Umschweife reden, was wir uns nicht vor jemandem erlauben könnten, der darin verwickelt ist.

Aber wir sprachen überhaupt nicht frei von der Leber weg und ohne Umschweife, weil sie eigentlich überhaupt nichts Konkretes sagten, nichts, was ich nicht schon gewußt hätte. Sie wiederholten bloß aufs neue, daß Toni die Jordans, die ganze Familie in etwas Gefährliches hineinziehe, in eine schöne Zwickmühle, aber um welche Gefahr es sich dabei handelte, damit wollten sie nicht herausrücken, sie rösteten mich nur auf dem Feuer der Neugierde (der so ungern zugegebenen Neugierde), und als sie sich schließlich versichert hatten, daß ich am Abend zur Vorstellung kommen würde, brach jeder von ihnen noch eine Hörnchenspitze ab, die er ins Fett meiner gerösteten Seele tunkte, und dann zogen sie schmatzend von dannen.

Lucie und ich waren schon ewig nicht mehr im Theater gewesen, und als ich aus Bílovice zurückkam (diesmal zwei Stunden früher, damit ich genug Zeit hatte, mich in Schale zu werfen), traf ich meine Frau an, wie sie an sich arbeitete und vor meinen Augen immer jünger wurde, bis ich sagte, Schluß jetzt, verdammt noch mal, wenn du jetzt noch ein bißchen jünger wirst, werde ich mir wie dein lieber Onkel Vilemín vorkommen. Woraufhin sie ihr Schminkzeug weglegte und sich daranmachte, ein Hemd und eine Krawatte für mich auszusuchen.

Es wäre viel bequemer gewesen, mit der Straßenbahn in die Stadt zu fahren, aber ich verstand, daß Lucie sich unter all den Jordans, die an diesem Abend dort aufkreuzen würden, nicht wie die arme Verwandte vorkommen wollte, und so fuhren wir mit unserem Mazda Emotion. Im Theater kam sie jedoch meinem Wunsch nach, und wir taten uns mit keinem der Jordans zusammen, sondern marschierten schnurstracks in unsere Loge, und sogar Papa Evžen winkte uns nur von gegenüber aus der seinigen quer über das Parkett zu.

Und nun beeile ich mich zu gestehen, daß ich Theater nicht mag, diese Vergöttlichung der mir so widerwärtigen Theatralik, diese Apotheose des Exhibitionismus und der Verkrampfung, das Theater ist die einzige Muse, der ich – würde ich sie irgendwo auf einer Promenade treffen – ziemlich ungalant ein Bein stellen würde. Und so überraschte es mich auch nicht, daß mich das Stück über irgendwelche Ränkespiele am königlichen Hof im mittelalterlichen Norwegen überhaupt nicht gefangennahm. Hätte es nicht im letzten Akt die eine Episode gegeben, wäre ich vollkommen unberührt aus dieser Vorstellung gegangen. Aber im letzten Akt wartete eine Szene auf mich, jawohl, das ganze Stück über hatte eine Szene – ihrer Wirkung sicher – speziell auf mich gewartet, die mich doch ziemlich umhaute. Und ich muß wohl nicht betonen, daß ihre Hauptakteure Dutzi und Putzi waren.

Ich erzähle kurz, worum es in der Episode (ich betone, es war nur eine Episode, die die eigentliche Geschichte untermalte) ging.

König Olav V. kehrte aus Schweden zurück, von wo er einen neuen Narren mitbrachte, den er auf dem schwedischen Königshof von Albert II. geschenkt bekommen hatte. Es zeigte sich aber schnell, daß es ein Danaergeschenk war, denn falls der König erwartet hatte, daß er nun, da er zwei Narren besaß, auch die doppelte Weisheit erlangen würde, geschah genau das Gegenteil. Der bisherige Hofnarr bekam nämlich Angst, daß der König unzufrieden mit ihm war und sich deshalb einen neuen Narren mitgebracht hatte. Die Ursache für die königliche Unzufriedenheit suchte er gerade darin, was man die Narrenweisheit nennt, in seiner frechen Ehrlichkeit (letztendlich kommt es immer so, dachte der Narr, daß die Könige nicht die Wahrheit von uns hören wollen, die ertragen sie nicht!), und so wechselte er über Nacht von Hott zu Hü und fing an, seinem König schrecklich zu schmeicheln. Und als der neue Narr das sah, machte es den Armen ganz verlegen (andere Länder, andere Sitten, dachte er sich, in Norwegen scheinen die Narren den Königen Honig ums Maul zu streichen!), und auch er begann zu schmeicheln, daß er vor lauter aufgeblähter Falschheit fast zerbarst. Als der König feststellte, daß beide seine Narren das grundlegende Attribut des Narrentums vermissen ließen und sich nur als falsche Schmeichler erwiesen, wurde er herzlich sauer (wohin mit Narren, die sich freiwillig um die Narrenkrone gebracht hatten?!) und befahl, beide an einem Baum aufzuhängen. Die Szene schloß mit einem Schattenspiel: im Hintergrund der Schatten eines Baumes und die Schatten zweier Gehängter – eigentlich nur die Schatten der Beine –, die zweimal krampfartig zusammenzuckten.

Kurz darauf fiel auch der Vorhang, und alle klatschten begeistert, der Raum des Mahen-Theaters wurde zum Klangkörper eines stürmischen Beifalls, nur ich saß bewegungsunfähig da, denn für einige Minuten war ich vollkommen gelähmt.

Lucie nahm an der allgemeinen Begeisterung, an dem frenetischen Applaus zwar teil, es war ihr aber anzumerken, daß sie mich verstand, und beim Klatschen warf sie gleichzeitig einen mitleidsvollen Blick auf mich, hin- und hergerissen zwischen der zügellosen Fröhlichkeit und dem Mitgefühl mit mir.

Ich hätte geschworen, mich schon längst davon befreit zu haben, wieso reagierte ich dann so unverhältnismäßig auf irgendein Schattentheater? Lag es etwa auch an der Anwesenheit der Jordans, die um die runde, in den Zuschauerraum hineingeschobene Bühne herumsaßen? Oder daran, daß es damals, vor so vielen Jahren, auf seine Art eigentlich auch ein Theater war? Ich kenne die Antwort nicht und versuche auch gar nicht, sie zu finden, ich bin mir der lächerlichen Unverhältnismäßigkeit des Ganzen sehr wohl bewußt. Und was kommt jetzt? Nichts. Es ist vorbei. Wir erheben uns und gehen zur Garderobe hinunter, wo schon alles verlassen ist und jemand unsere Mäntel auf den Tresen gelegt hat.

Weißt du, was mir eingefallen ist?, fragte ich, als wir schon im Auto saßen und Lucie die Scheinwerfer anmachte und rückwärts vom Parkplatz hinter dem Theater fuhr. Erinnerst du dich noch, daß derjenige, der Onkel Ludwig hingerichtet hat, eine Kappe über dem Kopf trug? Sie antwortete nicht, und so fuhr ich fort: Als ich einmal darüber nachgedacht habe, bin ich zu dem Schluß gekommen, daß es ein professioneller Henker gewesen sein könnte, jemand, den Seelchen nur zu diesem Zweck angeheuert hatte. Als ich dann aber später darauf zurückgekommen bin, ist mir klargeworden, wie unwahrscheinlich es ist, daß Seelchen einen vollkommen Fremden so tief ins Innere der Familie gelassen hätte. Es muß ein Jordan gewesen sein, einer der Jordans.

Lange standen wir an der belebten Kreuzung beim Augarten, die Abendampel war so unvorstellbar faul, daß der Lastwagenfahrer neben uns zuerst eine ungeduldige Geste machte und anschließend versuchte, mit Lucie Kontakt aufzunehmen, und als sie ihn ignorierte, wurde er frech, aber Lucie fertigte ihn dermaßen brutal und beleidigend ab, daß er ganz klein wurde, die Miene eines geprügelten Hundes aufsetzte und bei Rot losfuhr, wobei er beinahe einen Motorradfahrer mitgenommen hätte.

Es war Dutzi oder Putzi, sagte Lucie, das ist es, was du denkst, oder?

Wie bitte? Ich erschrak.

Wir sprechen doch über diesen Henker. Nur, wie alt war Dutzi – oder Putzi – damals? Das müßte man zuerst ausrechnen.

Noch ehe die Ampel auf Grün sprang, entlud sich aber ein heftiger Platzregen, so dicht, daß sein Schleier nicht nur die Ampel verdeckte. Wir fuhren nun durch etwas einer Meeresbrandung nicht Unähnliches hindurch, plötzlich konnte man absolut nichts mehr sehen, und Lucie blieb nichts anderes übrig, als sich auf ihre Intuition zu verlassen, die uns als einzige daraus herauszuführen vermochte.

Lucie ähnelt ihrem Vater auch darin, daß sie sich, obwohl sonst Nichtraucherin, in Streßsituationen eine Zigarette ansteckt. Deshalb trägt sie immer welche bei sich, wie ein Notfallpäckchen, und so hielt sie mir jetzt einfach ihre linke Hand mit geöffneten Fingern hin, und ich wußte sofort, was sie wollte. Ich öffnete ihre Handtasche, riß die Packung auf, zündete eine an und steckte sie zwischen Lucies Zeige- und Mittelfinger – dann beobachtete ich nur noch mit unbeschreiblichem Genuß, wie sich meine Frau vollkommen konzentriert durch die undurchdringliche Finsternis biß, wie sie genau wußte, wann sie beschleunigen und wann abbremsen mußte, und wie ihre Hände mit absoluter Sicherheit das Lenkrad drehten. Ah ja, die Intuition und die Jordans, was soll ich dem noch hinzufügen? Der Wagen füllte sich mit beißendem Qualm (wenn Lucie raucht, dann nur absoluten Mist) und unserem undurchbrechlichen Schweigen.

(Wenn ich heute, da ich auf einmal für alles genug Zeit habe, über diese Fahrt nachdenke, fällt mir auf, daß es gleichzeitig eine Fahrt in eine andere Dimension war, auch wenn ich mir dessen zuerst nicht bewußt war. Es war eine Fahrt, an deren Ende mich eine mit einem Mal veränderte Welt erwartete, auch wenn es noch ziemlich lange dauern sollte, bis ich es ganz begriff. Aus dem Nichts entstanden merkwürdige Tage. Hören Sie mich, Pater Filip?)

Obwohl der Regenguß zwar eher zunahm als verebbte, meisterte Lucie alles sicher, und wir kamen gemütlich auf dem Mojmírplatz an, steckten das Auto in die Garage, liefen schnell durch das Dickicht des Regens und warfen im Flur Schuhe und Mäntel ab. Während Lucie ins Bad eilte, ging ich ins Wohnzimmer und schaltete automatisch den Fernseher ein, wo gerade auf dem ersten Programm die Spätnachrichten Ereignisse plus liefen.

Kaum hatte sich das Bild eingestellt, sah ich Toni Jordan, wie er angewidert versuchte, sein Gesicht von der Kamera wegzudrehen. Und augenblicklich erfuhr ich auch den Grund dieses Angewidertseins: Er hatte Handschellen an und wurde von zwei Polizisten abgeführt.

Aber da machte ich einen Fehler. Anstatt den Ton laut zu stellen, um etwas vom Kommentar aufzuschnappen, rannte ich schnell zu Lucie, und als ich sie aus der Dusche geholt hatte, lief bereits der nächste Beitrag des Nachrichtenpotpourris.

Möglicherweise ist es gar nicht der Toni gewesen, ich hab's ja nur einen kurzen Moment gesehen, behauptete ich Lucie gegenüber, aber zu meinem Erstaunen zweifelte sie überhaupt nicht daran, daß es Toni Jordan gewesen war. Ich zappte durch die Kanäle und suchte nach weiteren Spätnachrichten auf Prima, Nova und sogar auf Markise, während Lucie Evžen anrief. Ich machte sie darauf aufmerksam, daß Evžen die Spätnachrichten noch gar nicht hatte mitbekommen können, weil er noch später nach Hause gekommen sei, nach Sebrowitz war es ja weiter als zum Mojmírplatz.

Ich weiß nicht, worüber sie mit ihrem Vater gesprochen hatte, während ich am Fernseher und Radio wachte, aber nach einer Weile merkte ich, daß sie die Nummern weiterer Jordans probierte. Ihre Ungeduld war geradezu unberechenbar. Wir würden das ja alles jeden Moment aus irgendeiner Nachrichtensendung erfahren.

Und dann präsentierte Nova die Spätnachrichten. Lucie legte auf und kam hereingelaufen, und ich sah wieder Toni Jordan, wie er versuchte, den Kopf aus der Kamera zu drehen: Die lange vorbereitete Festnahme Antonín Jordans, eines der vermutlich bedeutendsten Bosse unserer Drogenszene, ermöglicht … es wird erwartet … ihre Zerschlagung … vielleicht wird auch die Anbindung an die Transportwege von Drogen auf dem Balkan nachgewiesen werden …

Lucie wartete noch einen Moment, ob man nicht vielleicht nochmals auf die Nachricht zurückkommen würde, aber auf den kurzen Beitrag folgte eine lange Werbepause, und so lief sie wieder auf den Flur hinaus zum Telefon. Sie sprach erneut mit Evžen und dann mit noch jemandem, und ich verstand, daß sie noch jetzt in der Nacht versuchte, den besten Anwalt aufzutreiben, der Toni aus der Haft bekommen und dafür sorgen würde, daß er auf Kaution freikäme. Ich hatte noch nie erlebt, daß Lucie einer Sache dermaßen verfallen war. Es kam mir vor wie ein Fieber, wie ein krankhafter Anfall. Als ich sie etwas fragte, war es, als hätte sie mich gar nicht gehört. Und erst als sie alles erledigt hatte, was sie sich offenbar vorgenommen hatte zu erledigen (es war schon eine Stunde nach Mitternacht, und ich wälzte mich bereits eine Weile im Bett herum und konnte logischerweise nicht einschlafen), kam sie mit der wer weiß wievielten Zigarette des heutigen beziehungsweise morgigen Tages zu mir und gab mir die denkbar knappste Erklärung des Ganzen.

Tonis Festnahme ist gefährlich für alle Jordans, für die ganze Familie, weil wahrscheinlich alle in seinen Aktivitäten mit drinhängen.

Um so besser, bemerkte ich, daß es uns rechtzeitig gelungen ist, auf Abstand zu gehen.

Sie verzog ungeduldig die Miene: Wann begreifst du

endlich, daß auch wir Jordans sind und immer bleiben werden und daß wir keine Chance haben, auf Abstand zu den Jordans zu gehen?

Okay, dann bin ich also auch ein Jordan und werde für immer ein Jordan bleiben und keine Chance haben, auf Abstand zu gehen, aber sollten wir jetzt nicht lieber schlafen? Es war ein langer und anstrengender Tag, höchste Zeit, ihn zu beenden.

Lucie lüftete, um ihren Zigarettenqualm rauszulassen, ging unter die Dusche und dann tatsächlich auch schlafen. Ich schätze, daß es etwa zwei Uhr war, als ich endlich einschlief. Bei Tagesanbruch wachte ich für einen Moment wieder auf und hörte, wie das Telefon unten klingelte. Aber vielleicht hatte ich das auch nur geträumt.

Siebzehn

Ich glaube, daß es höchste Zeit ist zu erklären, warum ich diese Geschichte mal in der ersten und dann wieder in der dritten Person erzähle, warum mein Erzähler mal der traurige Held der Geschichte selbst ist und dann wieder jemand, der Distanz hat zu ihm, der quasi abseits steht. Ich gebe zu, daß einer der Gründe, warum ich gerade diese Form gewählt habe, das Vergnügen ist, seinen Helden von außen und innen zugleich zu sehen, etwas, was wir uns in unseren nichtromanhaften Leben leider nicht vergönnen können. Auch wenn wir uns alle – zumindest ab und zu – vergeblich darum bemühen.

Gewiß, schon von Kindheit an werden wir dazu angehalten, uns bewußt zu machen, daß wir auf dieser Welt nicht allein sind. Aber sich mit anderen Augen zu sehen, sich von außen zu sehen ist auch beim besten Willen nicht realisierbar, vielleicht ist es nur in Grenzsituationen möglich, dann aber bereits mit nachhaltigen Folgen, auch Depersonalisation genannt.

(Ist Ihnen schon mal in den Sinn gekommen, daß gerade Geschichten, daß gerade das Erzählen von Geschichten dazu da ist, wenigstens für einen Augenblick den Käfig unserer eigenen Existenz zu verlassen, um ohne pathologisches Risiko die Grenzen zwischen Innen und Außen zu überschreiten?)

Zu guter Letzt gibt es noch einen weiteren Grund, warum ich mal in der ersten und mal in der dritten Person erzähle. Aber den verrate ich Ihnen nicht. Obwohl es der Hauptgrund ist. Sie werden ihn selbst herausfinden. Am Ende der Erzählung.

Jetzt aber zurück zu unserer Geschichte. Wir haben uns nur kurz auf- und für einen Moment innegehalten, denn ich weiß sehr gut, daß wir uns jetzt gerade an einer Stelle befinden, an der die Geschichte so in Fahrt kommt, daß es nicht mehr in unseren Kräften steht, die Zügel anzuziehen. (Oder wir werden wenigstens so tun, als stünde es nicht mehr in unseren Kräften.)

Es ist zwischen zwei und drei Uhr nachts, Aleš wacht auf, und es scheint ihm, daß das Telefon unten läutet. Er schläft aber sofort wieder ein. Oder ist er etwa gar nicht wach geworden und hat tatsächlich alles nur geträumt? Letztendlich kommt es auf das gleiche hinaus, denn auch wenn er aufwacht und gleich wieder einschläft, kann er sich am Morgen gar nicht sicher sein, was er gehört hat und was nicht. Ganz abgesehen davon, daß er andere Sorgen hat. Er stellt nämlich fest, daß Lucie weg ist. Sie ist verschwunden, obwohl es noch nicht einmal sechs Uhr ist.

Aleš geht ins Eßzimmer hinunter, wo er sieht, daß sie es gerade so eben geschafft hat, ihren Kaffee zu trinken. Den leeren Becher hat sie auf dem Tisch stehenlassen, was bei der sonst so ordentlichen Lucie etwas sehr Ungewöhnliches ist. Aleš nimmt Lucies Becher und stellt ihn in die Spüle. Erst danach setzt er Wasser für seinen Kaffee auf.

Achtzehn

Es ist noch nicht einmal sechs. Ich gehe ins Eßzimmer hinunter und sehe, daß Lucie es gerade so eben geschafft hat, ihren Kaffee zu trinken, den leeren Becher hat sie auf dem Tisch stehenlassen, was bei der sonst so ordentlichen Lucie etwas sehr Ungewöhnliches ist. Ich nehme Lucies Becher und stelle ihn in die Spüle. Erst danach setze ich Wasser für meinen Kaffee auf.

Ich schlürfe den Kaffee und breche mir dazu weiße Schokolade ab, die ich auf der Küchenzeile gefunden habe. Es ist noch zu früh, um in die Bibliothek zu fahren; trotzdem ziehe ich mich an, schließe das Haus ab und nehme die Straßenbahn zum Bahnhof, wo ich mich in den Zug nach Bílovice setze.

Zu meiner Überraschung ist es wieder einer dieser schönen Herbsttage. Auf dem Weg vom Bílovicer Bahnhof überholt mich Herr Zvěřina auf dem Fahrrad. Wir begrüßen uns, und ich rufe ihm noch hinterher, daß ich jetzt die neue Halina Pawlowska für seine Frau habe. Es sieht zwar so aus, als sei es ein Tag wie jeder andere und dazu auch noch von der Herbstsonne vergoldet, aber kaum habe ich die Bibliothek betreten, packt es mich wieder, und das erste, was ich tue, ist, zu Hause anzurufen, ob Lucie nicht vielleicht inzwischen zurückgekommen ist. Danach bin ich auch noch versucht, Evžens Nummer einzutippen, wobei mir jedoch rechtzeitig klar wird, daß ich es sowieso nicht schaffen würde, ihn zu fragen, ob er nicht zufällig weiß, was mit seiner Tochter passiert ist.

Rein mechanisch verrichte ich noch irgendwelche Tätigkeiten, schlage Handbücher in Schutzfolien ein, bis plötzlich diese neue Leserin auftaucht. Sie ist Studentin und bereitet eine Diplomarbeit über das literarische Bílovice vor. Da sehen Sie mal, und ich hatte gedacht, daß das ein längst erschöpftes Thema sei. Donnerstags ist nur vormittags Ausleihe, und deshalb verspreche ich der Studentin, daß ich, wenn sie gleich nach Mittag kommt, den Laden hier dichtmache und ihr das Haus zeige, in dem Miloš Marten gewohnt hat, sowie weitere Häuser, die einstmals, für kurze Zeit oder auch länger, von anderen literarischen Zelebritäten bewohnt wurden. Und tatsächlich, kaum hat die Turmuhr der Bílovicer Kirche Mittag eingeläutet, ist sie wieder da, ganz heiß darauf, alles über diese alten Zeiten zu erfahren, als hier das Provinz-Mekka der tschechischen Literatur war.

Ich stehe vom Mittagstisch auf (heute war ich nicht im Vereinshaus, sondern habe mir nur Paprikagulasch im Topf warm gemacht), wische mir das fettige Maul ab und bin entschlossen, diesen wirklich zauberhaften sonnigen Tag zu nutzen und der Studentin nicht nur das frühere literarische Bílovice zu zeigen, sondern auch den Weg nach Obrzan entlang der Zwittawa, all die wunderschönen Plätze, wo (nachdem die Brünner Talsperre die Urlauber weggelockt hatte) das Wasser jedoch schlammig geworden war und die Lagerfeuer der großen Kolonien aus den wanderbewegten Zeiten für immer erloschen waren.

Wir absolvieren den Pflichtparcours durch Bílovice und werfen einen Blick in all die ehemaligen literarischen Häuser, kaufen im Lädchen einer privaten Bäckerei Nußkuchen, und dann spazieren wir bereits am Fluß entlang und reden über alles mögliche und eigentlich überhaupt nicht über Bílovice. In der bösen Anspannung, die mich seit gestern erfaßt hat, bringt mir der heutige Nachmittag eine sehr willkommene Ablenkung: der Teppich aus Herbstlaub, das lebendige Funkeln des Flusses, das Bötchen mit seinem löchrigen, grün bewachsenen Boden und das alte Viadukt, auf das wir klettern, und dann ein ordentliches Stück auf den Gleisen entlangmarschieren bis zu der verrußten Tunneleinfahrt. Natürlich weiß ich, daß der sonnendurchflutete Tag nur eine Vision ist, denn die Sonne hat ihre Gier längst verloren, sie ist nur noch ein für den Moment entzündetes Kohlenstück, und morgen schon kann der Winter zuschlagen, oder etwa nicht?

Es ist immer noch schön hier, sagt die Studentin, und daß Bílovice nicht mehr angesagt ist, daß es out ist, ändert doch nichts daran. Haben Sie nicht das Gefühl, daß es vielleicht wieder in Mode kommt?

Darauf habe ich nicht mehr geantwortet. Mit einem Mal ging mir auf, daß wir schon bei Obrzan waren, und zwar ausgerechnet dort, wo sich früher am Fluß das Gasthaus Zum Schlagloch befunden hatte. Heute ist da nur noch eine Wiese mit Maulwurfshügeln und Abfallhaufen. Ich kann aber jetzt die Hand heben und ziemlich genau zeigen, an welcher Stelle und in welcher Höhe (in Höhe des ersten Stockwerks) damals das Zimmer in der Wohnung von Onkel Ludwig Jordan gelegen hat, und mit einer schönen ausladenden Geste kann ich den Kreis um den Stuhl in die Luft zeichnen, den Kreis aus Onkeln, Tantchen und Cousins.

Dann wende ich mich abrupt der Studentin zu: Moment mal, junge Frau, ich kenne Sie doch irgendwoher.

Sie läßt sich nicht aus der Fassung bringen: Wissen Sie, so etwas kriege ich ständig zu hören. Ich bin so ein Typ, und ich bitte um Entschuldigung, daß ich allen und jedem ähnlich bin. So gewöhnlich, nullachtfünfzehn, serienmäßig, von der Stange...

Jetzt erwartet sie womöglich, daß ich anfange, es ihr auszureden und von ihrer Einmaligkeit zu sprechen, und somit das Gespräch in andere Bahnen lenke. Statt dessen feuere ich aber aus einer anderen Kanone: Ah, jetzt erinnere ich mich. Ich habe Sie vor sehr langer Zeit auf Seelchens Beerdigung gesehen.

Aber das ist doch Unsinn, wehrt sie ab, Sie sind doch gar nicht auf Seelchens Beerdigung gewesen ... Und im selben Moment beißt sie sich auf die Lippe. Zu spät, sie hat sich bereits verplappert.

Der heilige Georg mit seiner Lanze traf den Drachen an seinem Schwanze, sage ich und drehe mich um, um in die Bücherei zurückzukehren.

Okay, sie holt mich ein, ich bin Ihre Nichte, na und?

Nichts, sage ich. Ich habe Ihnen doch gezeigt, was Sie sehen wollten, jetzt können Sie gehen und Ihre Diplomarbeit schreiben.

Ich begriff, daß mich das kleine Miststück hier hatte aufhalten sollen. Zu dieser Zeit bin ich nämlich normalerweise schon zu Hause. Was geht da vor, wo soll ich nicht dabeisein, wobei bin ich überflüssig? Und so fahre ich, ich sporne den Zug an und stelle mir vor, wie meine Agentin-Aufhalterin über Handy telefoniert: Ich habe ihn nicht in den Griff bekommen, Vorsicht, er ist mir entschlüpft und schon auf dem Weg!!

Aber höchstwahrscheinlich hatte sie kein Handy dabei und konnte deshalb niemanden warnen. Denn als ich zu Hause ankam, sah ich schon von der Tür aus die Garderobe, von Mänteln überschüttet, und aus dem Wohnzimmer erklangen düstere Töne. Als ich hineinschaute, sah ich all die Vorzeige-Jordans, all die Onkel, Tantchen, Vetterchen und Cousinchen, sie standen in einem strengen Kreis um einen vollkommen leeren Stuhl herum, jawohl, sie bildeten einen Kreis und sangen etwas Unheilvolles (und Unverständliches). Da rannte mir auch schon Dutzi (oder war es Putzi? Ich bin mir jetzt nicht sicher) entgegen und drängte mich hinaus. Er schob mich mit fuchtelnden Armen vor sich her und faselte dabei wild durcheinander: Wie du siehst, Alešek ... eine große Familienzusammenkunft ... sie treffen sich regelmäßig jeweils bei einem von ihnen ... bei euch sind sie noch nicht gewesen ... sie wollten dich nicht belästigen ... und so hat man eine Gelegenheit ergriffen ... als du gerade nicht da warst ... Er drückte mich in eine Ecke und hielt mich fest, während die Jordans einer nach dem anderen ihre Mäntel holten und eilig ihre Hüte aufsetzten, doch keiner von ihnen würdigte mich auch nur eines Blickes, nicht einmal ein beiläufiges Aufblitzen unter dem Augenlid hervor, und schon waren sie im Flur verschwunden und zuallerletzt dieser Dutzi oder Putzi, der sein Clownslächeln aufsetzte und plötzlich wiehernd oder krähend Daumen und Mittelfinger zu einem Kreis zusammenfügte und ihn ganz hochhob, fast bis zur Decke, und während ich angestrengt emporschaute, elegant die Tür hinter sich zuschnappen ließ, indem er auch den kleinen Kreis noch schnell mit auf den Flur zog.

So blieb ich allein, und die Garderobe verwaiste und sehnte sich zu Tode nach Hüten und Mänteln, bis die Sehnsucht auch auf mich überschwappte. Stille machte sich breit, so daß ich deutlich hörte, wie die Kuckucksuhr in der Küche vier Uhr kuckuckte: Kuck-kuck, kuck-kuck, kuck-kuck, kuck-kuck!

Kaum war das vierte Kuck-kuck verklungen, öffnete sich die Küchentür, und wen sah ich da – Lucie! Du Eucharistie meiner Alltäglichkeit, du Polarlicht meiner Nächte, du Fruchtfleisch meiner Seele, du pochendes Herz meiner Bangigkeit, du Königsweg meiner Sehnsucht, du Goldblüte meiner Torheit, du Spiralbohrer meiner Eingeweide, du selige Ritze, du dem Kitzler innewohnende Flamme, du Hymne aller Hymnen, du Königin meiner Erlösung, bete für mich!

Was ist mit dir passiert? Auf wessen Seite stehst du, Lucie?, fragte ich sie nur so mit den Augen. Dürfte ich vielleicht wissen, was seit den letzten Tagen hier vor sich geht?, sagte ich laut.

Aleš, glaub mir, nichts, was dich beunruhigen müßte. Im Gegenteil, in dieser Stunde ist schon wieder alles okay.

Da bin ich aber froh. Und dürfte ich vielleicht auch noch wissen, wer diese meine verlogene Nichte zu mir nach Bílovice geschickt hat?

Du meinst Klárka?

Klárka also. Was man nicht alles erlebt.

Nichtsdestotrotz blieb Lucie mir die Antwort schuldig. Ich werde das alles nicht noch unnötig in die Länge ziehen. Zwei Stunden später hörte ich nämlich in den Abendnachrichten, im Echo des Tages im Radiojournal, vom Tod Toni Jordans: Heute nachmittag, zwischen drei und vier Uhr (kuck-kuck, kuck-kuck, kuck-kuck, kuck-kuck!), in der Zeit zwischen zwei Kontrollgängen, erhängte sich Antonín Jordan in seiner Gefängniszelle. Jordan war vermutlich einer der bedeutendsten Drogenbosse, die den Transport über den Balkan organisierten. Er erhängte sich an der Schnur seines elektrischen Rasierapparats, und sein Tod schließt somit für eine Zeitlang...

Ich weiß, daß mich das erschreckte, obwohl mir Toni hätte gestohlen bleiben können. Lucie wurde von dieser Nachricht jedoch nicht überrascht.

Für Lucie bedeutet Kochen seit jeher Entspannung. Ich sah zu, wie sie sich in der Küche hin- und herbewegte, wie ein Cursor auf dem Bildschirm.

Spät am Abend summte dann noch das Telefon. Eine männliche Stimme wollte Seelchen sprechen. Ich lachte. Das war nun wirklich gelungen! Wer immer Sie auch sind, Sie sollten wissen, daß alle Seelchen tot sind. Eines starb schon vor sieben Jahren, und das nächste hat sich soeben in der Gefängniszelle erhängt, falls Sie keine Nachrichten zu hören belieben. Da kam aber auch schon Lucie, nahm mir den Hörer weg und begann mit dem Anrufer ein unverständliches Gespräch.

In Wirklichkeit verstand ich ihn natürlich sehr gut. Aber ich wollte es mir nicht eingestehen. Ich wollte nicht verstehen, daß ich verstanden hatte. Gegen Morgen träumte ich einen vollkommen neuen Traum. Ich lief durch eine Straße, ein kleiner Bub, eingezwängt in eine Henkerskluft mit einer Kappe. Dann begriff ich, was ich da trug, und fing an, mich überstürzt auszuziehen, und schließlich lief ich nackt über die Straße.

Es war ein Traum, über den ich nicht viel nachzudenken brauchte. Ein Hinweis, eine Warnung, ein Appell.

Seelchen lag auf dem Rücken, sie atmete tief (was hatte sie in den letzten Tagen nicht alles bewältigen müssen, bevor sie endlich in den befreienden Schlaf fiel, und was alles erwartete sie jetzt, als Seelchen). Ich deckte sie zu, da, wo sie sich freigestrampelt hatte.

Neunzehn

Seelchen schlief noch friedlich, als Aleš aus dem Bett krabbelte und das Badezimmer ansteuerte. Im Laufe der Nacht (die noch nicht zu Ende war, es dämmerte erst, aber Aleš konnte nicht mehr schlafen) war der Entschluß in ihm gereift, und nun dachte er über gar nichts mehr nach. Er rasierte sich, zog sich an, als würde er wie gewöhnlich zur Arbeit gehen (allerdings wieder nicht ganz so gewöhnlich, zu seinem Erstaunen zerrte er nämlich seinen alten »Beerdigungsmantel« mit Pelzbesatz aus dem Schrank hervor), und öffnete noch ein letztes Mal leise die Schlafzimmertür, um das schlafende Seelchen anzusehen.

Es war aber wirklich noch früh. Deshalb vertrieb er sich die Zeit, indem er durch die Stadt lief, von der er eigentlich Abschied nahm. Hin und wieder blieb er überrascht stehen und schaute. Ja, die Gabe des letzten Sehens steht der Gabe des ersten Sehens in nichts nach.

Um acht öffnete die Commerzbank, wo er sein Konto hatte, das er »mein Taschengeld« nannte. Im Laufe der Jahre hatte er über dreihunderttausend zusammengespart, weil er keine finanziellen Verpflichtungen hatte – den Unterhalt für das Haus und eigentlich auch für ihr gesamtes Leben sicherte Seelchen mit ihrem nicht unbeträchtlichen Einkommen. Er löste das Konto auf, hob die ganze Summe ab und ließ sich alles in Fünftausendern auszahlen. Er erhielt zwei Päckchen zu je dreißig Banknoten und steckte sie in die linke und rechte Brusttasche des nunmehr weitgeöffneten »Beerdigungsmantels«, er schnalzte mit den Hosenträgern, daß die Damen ihre Köpfe von den Computern hoben, und weg war er.

Er stellte sich vor, mit dem Geld bequem über den Winter zu kommen, und im Frühling würde man dann sehen. Wenngleich er auch sehr gern zumindest ein bißchen gewußt hätte, was man sehen würde. Er verließ alles, womit er bis dahin gelebt hatte, und diese Fähigkeit, plötzlich einfach so die Anker zu lichten, hatte ihn selbst ein wenig überrumpelt.

Er überlegte, ob er nicht doch noch in Bílovice vorbeigehen sollte, verspürte jedoch einen starken Widerwillen. Schließlich verfügte das Gemeindeamt über die Schlüssel der Bücherei, und sollte sich auch einen ganzen Monat lang niemand dort blicken lassen, war es auch egal.

Alles, womit er bis dahin gelebt hatte, war so unwichtig, bedeutungslos, austauschbar, er hatte sich das bloß bis zu diesem Augenblick nicht eingestehen können. Und so stand er auf dem Brünner Hauptbahnhof, und die gewaltigen Arme der Welt breiteten sich in Form von sechs schmuddeligen Bahnsteigen vor ihm aus. Da er sich aber in einem Ausnahmezustand befand, in dem er sich immer noch nicht sicher sein konnte, ob er nicht schließlich doch versuchen würde, den Rückzug anzutreten, suchte er sich schnell einen Zug aus, der gerade abfahrtsbereit dastand, kaufte sich am Automat auf dem Bahnsteig eine Fahrkarte, und in dem Moment, als er sich hinsetzte, fuhr der Zug auch schon mit einem Ruck an.

Er hatte eine mehrstündige Fahrt vor sich, und so hängte er seinen Mantel auf, lehnte den Kopf daran und spürte, wie die Last der letzten Tage von ihm abfiel. Unter uns, es war fantastisch, einfach nur so, ohne jegliches Gepäck, werweißwohin und für immer zu reisen (Sie sollten das vielleicht auch mal ausprobieren, warum nicht gleich heute? Wozu es verschieben?), aber als der Zug durch die Brünner Peripherie fuhr und die Stadt verließ, in der sich bis dahin alles Wichtige in Aleš' Leben abgespielt hatte, wer konnte in dem Moment wissen, welch tiefe und schnelle Veränderung ihn erwartete und in welch anderes Leben er aufbrach?

Aleš stellte sich nun vor, daß er sich für die nächsten Tage, Wochen und Monate in einem gemütlichen kleinen Hotel niederlassen und erst dort in absoluter Selbsteinkehr überlegen würde, was weiter, nachdem es ihm endlich gelungen war, dem bösen Traum zu entfliehen, der bereits im Begriff war, sein ganzes Leben zu verschlingen.

Natürlich stellte er sich alles zu einfach vor. Aber das war verständlich und vielleicht sogar mit dem Gefühl der Befreiung zu entschuldigen, das jetzt von ihm Besitz ergriff, und dieses starke Erlebnis verdrängte fürs erste alles andere. Vor allem wurde er sich der sehr eigentümlichen Erfahrung seines bisherigen Lebens bewußt. Als wäre all das, womit er bis dahin gelebt hatte, erschreckend unwirklich, mein Gott, eher eine böse Mär, eine unheilverkündende Geschichte als irgend etwas anderes. Als wäre er endlich einer dummen Unwirklichkeit in die Lebenswirklichkeit entflohen und hätte gerade jetzt die Grenze beider Welten überschritten.

Und noch etwas. Immer, wenn eine tiefe Veränderung ein Menschenleben durchschreitet, geschieht gerade an der Grenze beider Welten etwas Seltsames auch mit der Zeit. Wir nehmen sie nämlich nicht mehr wahr als etwas, was uns gegen unseren Willen entführt, sondern die Zeit wird zu einem Bestandteil von uns. So war es auch mit Aleš' mehrstündiger Fahrt mit dem trödeligen Zug – er nahm sie überhaupt nicht als ermüdend und lästig wahr. Gemächlich blätterte er in seinen Erinnerungen an die Vergangenheit und schlief dabei immer wieder ein. Die tiefe Veränderung, diese – sprechen wir es aus – ontologische Schlucht war mit benommenem Träumen gepolstert, und, um ehrlich zu sein, floß alles so angenehm dahin, als handelte es sich gar nicht um etwas Dramatisches.

Sie hielten an unzähligen Stationen und häufig auch irgendwo auf dem Feld, von wo es bereits winterlich hinüberwehte, die Reisenden stiegen ein und aus, aber es wurden immer weniger, als der Zug zu den Bergen aufstieg, und das Gebrabbel um Aleš herum wurde gedämpfter, bis nur noch lauter Schweigsame dawaren, Stumme und Stille, die nur dasaßen und vor sich hin starrten, Aleš öffnete gelegentlich ein Auge und beobachtete sie, ihre mit einer merkwürdigen Vorsicht auf dem Schoß gehaltenen Aktentaschen und ihre genauso schweigsamen und strengen Warzen, die sich gebärdeten, als wären sie kleine Tabernakel der Wohlgeborenheit. Die Landschaft draußen zog sich wie ein von einer Parze abgespultes Garn dahin (unter unhörbarem Gejaule und Gebell irgendwo im Hintergrund), bis sie endlich die Endstation erreichten.

Hinter dem Fenster mehrten sich die Anzeichen der nahenden Station. Das Abteil, in dem er saß, war bereits eine Zeitlang leer. Hierher, in die Berge, wollten anscheinend nicht viele Reisende. Aleš erhob sich und zog seinen Mantel an. Und sofort stellte er fest, daß beide Brusttaschen leer waren. Er lachte: Man hatte ihn säuberlich ausgenommen.

Der Mantel hatte wohl so gehangen, daß der Inhalt einer der prallen Taschen über die Sitzlehne hinweg zu sehen gewesen war, und so hatte derjenige, der hinter Aleš' Rücken saß, nur die Hand auszustrecken brauchen. – Und als er dann erkannte, was er sich da so mühelos geangelt hatte, und daß der Beklaute weiter vor sich hin schlummerte, hatte es der Dieb für seine heilige Pflicht gehalten, auch in die zweite Tasche zu langen und sich den nächsten dicken Fisch zu holen.

Möge der Herrgott mit dir sein, du glücklicher Angler, und dich auf deinen krummen Wegen begleiten, beglückwünschte Aleš den schon nicht mehr anwesenden Dieb, und die Welse mögen deiner Erlösung und nicht der ewigen Verdammnis zuträglich sein.

Aleš waren nur ein paar Hunderter geblieben, die er im Portemonnaie in der Hosentasche hatte, trotzdem brachte ihn das keinesfalls aus der Fassung; man beachte, mit welcher Gleichgültigkeit er den Verlust aufgenommen hatte und wie unwichtig er ihm vorgekommen war. Nicht etwa, daß er je aufs Geld versessen gewesen wäre, soviel wissen wir ja nun über ihn, aber dennoch, sich so ganz ohne Barschaft irgendwo in den Bergen wiederzufinden, das hätte ihn doch vor kurzem noch beunruhigt. Jetzt war er im Gegenteil froh, daß das Geld, das ihn immerhin an die Jordans band (wir repetieren: Hätte er Lucie nicht geheiratet, hätte er von seinem Bibliothekarsgehalt nicht so viel gebunkert), unwiederbringlich weg war. Adieu, du Traum von einem bescheidenen kleinen Hotel, in dem er den Winter überdauern, aber gleichzeitig auch wieder für eine gewisse Zeit das verschieben würde, was keinen Aufschub mehr dulden konnte. Was geschehen soll, geschehe sofort.

Der Zug hielt an der Station, und Aleš stieg aus und mit ihm etwa fünf, sechs Leutchen aus den anderen Waggons. Während sich diese sofort nach unten begaben, wo – als sich Aleš in die Richtung umsah – das Türmchen einer kleinen Kirche aufblitzte, ging Aleš in die entgegengesetzte Richtung, noch weiter hinauf, in die Wälder und Berge.

Wir könnten jetzt natürlich behaupten, bei den Wäldern und Bergen, denen Aleš entgegenmarschierte, handelte es sich zum Beispiel um das Mährische Gesenke, und wir könnten auch etwas über das Dörfchen verraten, das Aleš hinter sich zurückließ, und wir könnten überhaupt noch so einiges... Aber schauen Sie, wir werden nichts dergleichen tun, und die Erwähnung des Gesenkes betrachten Sie bitte als Irreführung, am Ende des vorletzten oder letzten Kapitels werden Sie vielleicht begreifen, warum. Und falls nicht, auch gut.

Sicher, zuerst fing es leicht an zu rieseln, und dann gab es sogar ein Schneegestöber, doch schließlich verlor sich der Schnee wieder – in jedem Fall fuhr der Winter schon seine Krallen aus, aber Aleš mit seinen vier Hundertern in der Tasche beunruhigte das überhaupt nicht. Er stapfte seelenruhig weiter, noch höher und noch tiefer in die Wälder hinein, und da begann es auch schon zügig zu dämmern, so daß er bald ganz im Dunkeln lief, und mit den Händen schützte er sein Gesicht vor den angriffslustigen Zweigen des dichten Waldes. Hätten Sie ihn aber angehalten und gefragt, wohin er denn gehe, hätte er über die Frage gelacht, weil er sie für unsinnig gehalten hätte. Sie hätten jedoch trotzdem sofort begriffen, daß Sie es mit keinem Wahnsinnigen zu tun haben. So ist es, noch nie hatte Aleš sich so wohl gefühlt. Obwohl bergauf und durch Gehölz und Gestrüpp, bewegte er sich leichten Schrittes, und dabei hatte er nicht die leiseste Ahnung, daß sich die Worte des Paters Filip soeben erfüllten und daß er nur noch glücklich in Richtung eines immer noch unsichtbaren, aber bereits nahenden Zieles geschoben wurde.

Er marschierte noch lange, bis er plötzlich ein Lichtlein sah. Zuerst war er sich dessen nicht ganz sicher, etwas huschte zwischen den Bäumen vorbei und verschwand wieder. Doch dann erblickte er eine nicht besonders große Lichtung und darauf ein kleines Feuer mit Gestalten drum herum. Das Feuer brannte in einer Tonne aus dickem Wellblech, und als Aleš näherkam, bemerkte er, daß die Umstehenden einen sehr guten Grund hatten, sich an der Tonne zu wärmen: Sie waren nämlich zu einem großen Teil ziemlich schäbig gekleidet. Er trat noch näher und grüßte höflich, und die Bewegung rund um die Tonne stockte für einen Augenblick.

Ich glaube, irgendein Schulinspektor ist gekommen, sagte einer.

Ach was, das ist der, der uns die Kastanien aus dem Arsch holt, sagte ein anderer, und alle quittierten es mit einer Lachsalve.

Seht ihr, seht, er hat keine Mütze, damit er sie nicht abnehmen muß!, rief ein Dritter.

Und hört ihr, hört ihr, wie laut er stinkt? Es wird ein Schuster sein, wie meine Schwiegermutter zu sagen pflegte.

Es folgten weitere Bemerkungen, es hagelte Beschimpfungen, obwohl diejenigen, die Aleš so traktierten, taten, als sähen sie ihn nicht. Es war die Art, mit der man in der Kneipe einen unliebsamen Gast kommentiert, der, der Ärmste, unwissend in eine geschlossene Gesellschaft eingedrungen ist. Es war noch schlimmer, denn Aleš unterschied sich von den Anwesenden ostentativ dadurch, daß er einen mit Pelz besetzten Mantel trug. Es war deutlich, daß er aus einer Welt kam, von der die Anwesenden nur Verachtung erfahren hatten. Und so gaben sie diese Verachtung an Aleš zurück. Da konnte man nichts machen. Jedenfalls nicht im Rahmen der üblichen Konventionen. Aleš allerdings setzte sich über diese Konventionen hinweg. Und er machte es nicht einmal, um der offensichtlichen Feindseligkeit die Spitze abzubrechen, sondern eher, weil er es in dem Moment für selbstverständlich hielt. Er zog seinen unvergeßlichen »Beerdigungsmantel« aus und legte ihn über die Schultern desjenigen, der beinahe nichts anhatte, ein zerrissenes Hemd und darüber irgendeinen Fetzen. Aber keine Angst, Aleš war während der einige Stunden dauernden Zugfahrt keineswegs zum heiligen Franz von Assisi geworden, sondern er ließ jetzt den Teil seiner Persönlichkeit hervortreten, der schon immer in ihm geschlummert, bisher aber noch keine so günstige Gelegenheit bekommen hatte. (Da sehen Sie's, Sie sollten ihn nicht nur nach dem beurteilen, was vor sieben Jahren in Jordans Totenhaus geschehen ist!)

Fast augenblicklich erfuhr dies eine Art Würdigung. Nicht etwa, daß man vor Begeisterung geschrien und Aleš freundschaftlich auf die Schultern geklopft hätte. Eine ausgeprägte Verbrüderungsneigung gehörte nicht mehr zu ihrem Lebensstil. Vielleicht einst, zur Zeit des

Königs Milchbart, aber jetzt auf keinen Fall mehr. Mit dem Mantel schien Aleš eine Art Eintritt bezahlt zu haben, und so nahm man ihn unter sich auf. Gleich darauf widmeten sie ihm aber keine Aufmerksamkeit mehr. Vielleicht war das der beste Beweis dafür, daß sie ihn angenommen hatten, daß seine Anwesenheit sie nicht mehr reizte und provozierte. Schließlich kursierte eine Flasche um die Tonne und machte auch um Aleš keinen Bogen, was ein weiterer Beleg dafür war, daß er nunmehr der ihrige war.

Schnell erriet er, daß es sich um eine Gemeinschaft von Obdachlosen handelte (er irrte sich übrigens) und vielleicht sogar Junkies, die irgendwo dort unten zueinander gefunden hatten und nun hier oben ihre Zeit verbrachten. Und weil es sich bei der kreisenden Flasche um den besten Cognac handelte und kaum, daß sie sie geköpft hatten, eine weitere Flasche geöffnet wurde, und weil die beiden Frauen unter ihnen jetzt Brote in die Runde schickten, die mit bester Brüsseler Pastete zwei Finger dick bestrichen oder mit Schinkenwurst und Schweinebraten belegt waren, schloß Aleš (und diesmal irrte er sich nicht), daß die Gruppe gerade eine Beute gemacht hatte, die sie jetzt feierte. Natürlich kam ihm auch in den Sinn, daß man sich hier womöglich an seinem Geld gütlich tat und einer von denen, die ihm die Cognacflasche reichten, derjenige hätte sein können, der ihn im Zug beklaut hatte. Das wäre ein echter Brüller gewesen, und Aleš hätte ihn zu schätzen gewußt! Während er den Flaschenhals mit der Handfläche abwischte und an die Lippen hob, wurde ihm jedoch klar, daß der, der ihn beklaut hatte, es kaum geschafft hätte, den Schnaps und den Proviant zu kaufen und noch vor ihm hier zu sein. Es besteht aber kein Zweifel, schloß er, daß sie irgendwie so an die Beute gekommen sein mußten. Eins war klar: Hier lebte man nicht von milden Gaben und Sozialleistungen.

Zwanzig

Aleš verspürte eine barsche Freude darüber, in welcher Art Gesellschaft er sich da befand, in etwas, was die Jordans nicht einmal zur Kenntnis zu nehmen geneigt gewesen wären. Offensichtlich gab es hier Menschen mit den unterschiedlichsten Berufen, die aus verschiedensten Gründen hierhergegangen waren (auch hier irrte er, aber lassen wir ihn noch eine Weile bei seinen Irrtümern), aber sicher waren es nicht viele, die diese Lebensweise für ihr Ziel hielten. Gerade dieses offensichtliche Provisorium war es, was diese Gesellschaft so anziehend machte. So jedenfalls wußte es Aleš. Aber genauso wußte er, daß das hier ganz sicher nicht sein Ziel gewesen war. Er würde nur ein wenig verschnaufen und dann weiterziehen. Wohin? Höher in die Berge oder tiefer, bis an den Abgrund der Gesellschaft? Vor allem so weit wie möglich weg von den Jordans. In Wirklichkeit interessierte ihn keine menschliche Gesellschaft mehr, und das hier war nur noch etwas wie eine Kammer, durch die Astronauten vom Raumschiff in die Atmosphäre eines neuen, vielleicht glücklicheren Planeten hinüberschreiten.

Er saß da und hörte das Gerede um sich herum, und als ihm dann jemand sagte, daß nun die Reihe an ihm sei, in der Tonne nachzulegen, erhob er sich ohne zu zögern von dem alten Küchenstuhl, den es von Gott weiß woher hierher verschlagen hatte, und ohne darüber nachzudenken, zog er sein Portemonnaie und alle seine Dokumente darin, vom Personalausweis bis zur Krankenversicherungskarte, heraus und warf sie in die Tonne. Das Feuer nahm sie kaum zur Kenntnis, dafür würdigte es aber einer der Umsitzenden mit einem lauten Schmatzen, und ein anderer fragte ihn: Und du warst wer, Bruderherz?

Ich? Aleš dachte nach, siehste, ich weiß es gar nicht mehr. In diesem Augenblick hab ich's vergessen.

Wie bitte? Ein anderer lachte auf, du weißt nicht mehr, wer du bist?

Jetzt niemand mehr, sagte Aleš, ich bin niemand und hoffe, daß ich es jetzt für immer bleiben werde.

Schön, aber wie heißt du denn? Wie kann ich dich nennen?

Du kannst mich nennen, wie du willst. Ich bin niemand, und so kann mich jeder nennen, wie er will.

Also gut, dann kann ich dich zum Beispiel auch Bumskopf nennen?

Laß ihn in Ruhe, du nervst!, sagte jemand mit einer autoritären Stimme, der hier offenbar das Sagen hatte. Aber Aleš winkte versöhnlich ab: Wenn es jemandem Spaß macht, kann er mich ruhig Bumskopf oder auch Furzkopf nennen.

Sie saßen noch eine Weile da und ließen die Flaschen kursieren. Schließlich sagte jemand, daß gleich Evelin in der Glotze beginne, und alle versammelten sich schnell, und man ging ein Stückchen durch den Wald zu etwas, was Aleš (wiederum irrtümlicherweise) für ein besetztes Haus hielt.

Nach Mitternacht wachte er auf, und der Fernseher, aufgebaut – jetzt bemerkte er es erst richtig – auf irgendwas, was an eine rückstoßfreie Kanone mit abgebrochenem Lauf erinnerte, lief immer noch, und in einem erotischen Film wälzten sich schöne nackte Mädchen wie wütende Schmetterlinge, doch niemand schenkte ihnen mehr Aufmerksamkeit, alle lagen in den unmöglichsten Positionen herum, mausetot, nach allen Regeln der Saufkunst. Aleš kroch aus dem stinkenden Bettfetzen heraus und schaltete den Fernseher aus. Dann schaute er schlaflos an die Decke, während sich die Schlafenden um ihn herum unruhig hin und her wälzten, stöhnten und im Schlaf schrien, aufstießen und furzten, und einer hob sogar den Kopf und jaulte wie ein Hund. Es war der Cognac, der in ihnen arbeitete und der offenbar nicht, zumindest nicht in dieser Roßkur, ihre tägliche Milch war.

Da staunen Sie, wo es Sie hinverschlagen hat, nicht wahr? Sie sind Lehrer, oder?

Er drehte sich um, es war eine der beiden Frauen, die ihnen an der Tonne das Essen serviert hatten.

Ich bin nie Lehrer gewesen. Und wenn Sie mich

jetzt kurz entschuldigen würden, und er schälte sich erneut aus der Decke und zog sich seine Hose über den Slip.

Es schneite schon wieder, aber der Schnee fiel merkwürdig trocken wie Grieß hernieder, und als Aleš vom Waldrand zurückkam, sah er angewidert auf das Haus, in dem er genächtigt hatte. Es war häßlich wie ein riesiger Schrank, von einem Hornochsen von Tischler für einen miefigen Grindgreis angefertigt. Er versuchte sich in der Dunkelheit zurechtzufinden, als er sie schon wieder hinter seinem Rücken vernahm.

Aber Sie zittern ja geradezu vor Kälte! Sie werden uns doch nicht krank werden? Das mit dem Mantel haben Sie ganz schön übertrieben. Sie werden ihn selbst brauchen, wenn Sie Ihren Weg fortsetzen wollen. Dann man hoppla, sagte sie und warf ihn ihm über die Schultern.

Aber das geht doch nicht, ich kann ihn nicht zurücknehmen, wenn ich ihn jemandem geschenkt habe.

Aber klar doch, das schickt sich nicht, das wäre ein gesellschaftlicher Fauxpas, was? Sie können ihn sich natürlich nicht zurücknehmen, aber ich will Ihnen was sagen, Sie können ihn ja dem neuen Eigentümer klauen, oder etwa nicht? Das versteht hier jeder. So ein schicker Wintermantel, mit Waschbärpelz oder was immer ist er gefüttert, mein Gott, wer würde den nicht stehlen? Eins ist sicher: Sie brauchen den Mantel nötiger als der, dem Sie ihn gegeben haben. Unser Mantel ist das Haus hier, wohingegen Sie weitergehen. Und wissen Sie was?

Vielleicht sollte ich mit Ihnen gehen. Ich würde Ihnen Ihre Mäntel wieder zurückklauen, falls Sie wieder anfangen sollten, sie zu verschenken.

Aber ich gehe nirgendwohin.

Wie jetzt? Bleiben Sie hier bei uns? Soviel Glück haben wir doch gar nicht verdient...

Ich habe mich falsch ausgedrückt. Natürlich gehe ich. Aber nirgendwohin. Ich habe überhaupt kein Ziel, ich weiß nur, daß ich gehen muß.

Ich verstehe Sie ja. Sie sind niemand und gehen nirgendwohin, stimmt's? Niemand, nirgends, nirgendwohin, nirgendwoher, nirgendwie! Es ist zum Scheißen... Wissen Sie was? Gehen Sie jetzt lieber!

Und sie ließ ihn stehen und knallte die Tür zu.

Die Nacht fing eigentlich erst jetzt richtig an, und auch der Winter begann erst jetzt ordentlich Dampf zu machen. Er knöpfte sich den Mantel bis zum Hals zu, und um sich Mut zu machen, schnaufte er wie ein Dachs und stieg langsam durch Fichtengebüsch und Dickicht den immer steiler werdenden Hang hinauf.

Hallo, hallo noch mal!, hörte er es hinter seinem Rücken, laufen Sie noch nicht weg, kommen Sie schon zurück! Ich hab noch vergessen, Ihnen das Geheimnis unseres Hauses zu zeigen...

Aleš aber war anzumerken, daß ihm jegliche Geheimnisse jeglicher Häuser gestohlen bleiben konnten. Als sie jedoch immer weiter insistierte und schon wie ein kleines Mädchen bettelte, streckte wieder der heilige

Franz von Assisi, die Schatztruhe guter Taten und Barmherzigkeit in ihm, seine Fühler aus, und er kehrte mit ihr zurück und ließ sich dabei sogar an der Hand halten, als sie ihn auf Zehenspitzen zwischen den Schlafenden herumführte, die der alkoholische Hypnos immer noch in fester Umarmung hielt.

Sehen Sie, da sind wir. Sie zeigte auf eine unauffällige Tür am anderen Ende des Saals. Dann öffnete sie sie einen Spaltbreit und schob Aleš in die allerschwärzeste Dunkelheit, schlüpfte hinter ihm hinein und warf die Tür sofort wieder zu.

Wissen Sie denn, wer Marold war?

Falls Sie den Maler meinen – ich habe mal eine Ausstellung seiner Plakate gesehen.

Scheiß auf Plakate. Was ist mit der Schlacht bei Lipany?

Die habe ich nie gesehen. Aber natürlich weiß ich, worum es sich handelt. Eine riesige Panoramawand mit nachgestellten Szenen aus der Schlacht davor.

Sie hielt den Finger auf dem Schalter und zögerte immer noch den Augenblick hinaus, bevor sie ihn drückte.

Marold ist nichts im Vergleich mit dem, was uns hier gelungen ist. Wenn ich aber gleich das Licht anmache, werden Sie es eh nicht mehr sehen. Es existiert nicht mehr. Es war in dem Saal, der heute als Schlafraum dient. Der Raum, in dem wir uns jetzt befinden, ist nur das Depositorium, alles wurde auseinandergenommen und hier gelagert. Dieses Haus ist das Denkmal der Partisanenkämpfe und sollte zum fünfundvierzigsten Jahrestag der Befreiung im Mai 1990 eröffnet werden, aber aus bekannten Gründen ist es dazu nicht mehr gekommen. Wir alle, die wir hier leben, sind Angestellte der Gedenkstätte.

Sie drückte den Schalter, und Aleš wich zurück. Er stand Auge in Auge mit Maschinenpistolen und Gewehrläufen, Maschinengewehren und Kanonen.

Man mag darüber heute denken, wie man will, aber wenn Sie das als Installation sehen würden, würden Sie begreifen, was uns hier alle am Leben erhalten und welche Erfüllung es jedem unserer Tage gegeben hat. Das hier war unser Schicksal. Und man hat es uns gestohlen. Sagen Sie selbst, ist das nicht sträflich? Aber sie werden es eines Tages alle schrecklich büßen! Und Sie? Wie ist Ihr Schicksal?

Es gibt keins.

Richtig, nirgendwoher, niemand, nirgendwohin! Ich bitte um Verzeihung, ich hatte es wieder vergessen.

Aleš betrachtete den unaufgerollten Teil, das Fragment einer Panorama-Leinwand hinten. Ein deutscher Militärtransporter stürzte von einer von Partisanen verminten Brücke. Er fiel in eine Schlucht, die aber überhaupt nicht wie eine Talenge irgendwo in den mährischen oder slowakischen Bergen aussah, sondern vielmehr dem Brennerpaß in den Alpen ähnelte. Und so erhöhte das allgegenwärtige Pathos Hügel zu Hochgebirgen und vertiefte kleine Täler zu Schluchten und tiefen Cañons, aber vor allem schaute es aus den Gesichtern der zu allem bereiten Partisanen, die hier haufenweise lagerten wie Stühle in einer Turnhalle.

Das zum Beispiel ist mein Liebling, sagte sie und zog aus dem nächsten Haufen vorsichtig einen von ihnen heraus. Er heißt Stich-Stich-Tůma und ist ein strammer Partisan. Kommen Sie, keine Angst, ich mache Ihnen ein Bild mit Stich-Stich. Und sie ging mit der Kamera bis zur Wand zurück, und Aleš trat wie ein Idiot an den Partisanenhelden heran, und in dem Moment, als er sich schon in unmittelbarer Nähe befand, drückte sie auf den Auslöser, aber anstatt daß ein Vöglein herausgeflogen wäre, schlug eine feuerscharfe lange Klinge aus dem Schritt des Partisanen und riß Aleš' Hose auf.

Ach, das war aber knapp, was? Hätte ich Sie noch zwei Zentimeter näher herangehen lassen, hätte Stich-Stich ein Mädchen aus Ihnen gemacht. Aber keine Sorge, ich bin geübt. Und sie ging zu Stich, und mit liebevoller Hand im Lederhandschuh schob sie die scharfe Klinge wieder zurück. Dann zog sie den Handschuh aus, berührte mit einem Fingernagel Aleš' aufgerissene Hose und kniete sich hin: Darf ich?

Aleš fiel sofort etwas ein. Er dachte jetzt daran zurück, daß sich in der Gesellschaft um die Tonne doch einige mit auffallend hohen Stimmen befunden hatten, zuweilen hatten sie geradezu gepiepst und sich auch irgendwie komisch bewegt, wie riesige Frösche, kurzum, es waren Eunuchen, das heißt Kastraten, bei denen Stich-Stich-

Tůma sein Werk bereits vollbracht hatte. Jetzt erst sehe ich es ganz deutlich, dachte Aleš, die kleine Gesellschaft an der Tonne teilte sich offenbar in Eunuchen, die Stich beschnitten hatte und die hier die gröbsten Arbeiten verrichteten, und weiter in Kämpfer, die von Zeit zu Zeit zu den Menschen aufbrachen, um etwas zu rauben und zu stehlen, und schließlich in jene drei, vier Privilegierten, die auf Kosten der Eunuchen und Kämpfer lebten. Es gibt somit auch keinen Zweifel daran, daß auch diese Meute hier…

(auaaah!, stöhnte Aleš auf und griff schnell nach unten, um ihre Bewegungen etwas zu bremsen, nicht so schnell, nicht so schnell, wenn ich bitten darf)

…daß auch diese Meute hier eine streng strukturierte Gesellschaft ist, aber gleichzeitig auch, aber sicher doch, gleichzeitig auch eine Karikatur aller großen Gesellschaften! Aber warum, warum auch eine Karikatur?, fragen wir uns. Nun ja, wahrscheinlich, weil es nur eine ganz kleine Gesellschaft ist. Genau, ich hab's, freute sich Aleš…

(und mit beiden Händen hielt er jetzt den hüpfenden Kopf da unten fest, um sich besser auf diese Idee konzentrieren zu können)

…ich hab's, und zwar folgendermaßen: Das, was in einer kleinen Gesellschaft als bizarr, monströs und nur als Karikatur der Wirklichkeit erscheint, ist in großen Gesellschaften völlig normal und selbstverständlich, wo nämlich Millionen von Bürgern ihre Monstrosität durch ihre Loyalität normalisieren. Oder denken wir auch an folgendes: Seelchen ließ den vermutlich sadistisch-pädophilen Onkel Ludwig hinrichten, und ich erlebe es heute als unwirklich grausam, als einen wahrgewordenen Alptraum, als einen nächtlichen Horror; hätte ihn aber damals eine große staatliche Institution verurteilt und hingerichtet, hätte ich es schon längst vergessen. Und als Seelchen den Befehl gab, daß Lucie und ich der Hinrichtung beiwohnen sollten, führte sie nur das vor, was in großen Gesellschaften mit dem stillen und manchmal auch lauten Einverständnis der Bürger ziemlich geläufig war: Schulkinder, die das Todesurteil für vermeintliche Vaterlandsverräter fordern, und Schulkinder, die für tausendjährige Reiche tapfer in den Tod ziehen; bei allen Schrecken von Kriegen und Revolutionen sind Kinder nicht nur anwesend, sondern werden oftmals auch dazu angehalten, selbst zu töten, damit es zu ihrer natürlichen Ausrüstung gehört. Das, was in einer winzigen Gesellschaft monströs ist, ist in einer großen schließlich immer legitim, und die Massenhaftigkeit der Morde gibt den Segen dazu. Und das, was ursprünglich in einer kleinen Gruppe seinen Anfang nahm, sucht rasch nach seiner Berechtigung in etwas Umfassenderem, Kollektivem ... Der einzige Weg ... weit weg von jeder Bündelei ist ... alles zu verwerfen und auf alles zu verzichten ...

(Aleš' Körper durchfuhren drei mächtige Zuckungen, er bog sich wie ein Bogen und stöhnte – jeeeh, aaah, uuuh, dann aber stellte er sich wieder gerade hin, um seinen Gedanken zu Ende zu führen)

...auf alles zu verzichten... Denn der Mensch muß sich sogar von seiner eigenen Identität lossagen können ... denn auch die ist nur abgeleitet... man hat dir eine Identität aufgezwungen wie dem Hund seine Marke... der Code deiner Identität dient letztendlich wieder nur deiner Einordnung, nur dazu, damit sie dich halten können... du mußt niemand und nichts sein, damit du eine Chance hast, dem zu entgleiten, nichts und niemand, dich selbst verlieren, um dich zu finden...

Sie erhob sich und fuhr mit den Handflächen über ihre wundgequetschten Knie. Dann löschte sie das Licht im Depositorium und begleitete Aleš hinaus.

Unterdessen hatte es zwar aufgehört zu schneien, die Kälte hatte jedoch nicht nachgelassen. Deshalb hüllte er sich lieber mit noch größerer Sorgfalt in seinen »Beerdigungsmantel« ein.

Kann ich dich noch um etwas bitten? Würdest du dem, zu dem du gehst, sagen...

Ich gehe also zu jemandem? Er wunderte sich. Dann wissen Sie mehr über mich als ich selbst. Man braucht sie nur näher an seinen Körper ranzulassen, und schon duzen sie einen, dachte er im stillen.

Ab und zu schimmerten die Sterne durch, aber die meiste Zeit schritt er durch vollkommene Dunkelheit. Wieder mußte er sich mit den Händen vor zudringlichen Zweigen schützen, die sich jetzt auch noch in seine aufgerissene Hose hineindrängten. Der Weg führte steil nach oben, und er schleppte sich gute zwei, drei Stunden hinauf. Dann änderte sich die Landschaft, die Bäume lichteten sich, und gleichzeitig begann es

Einundzwanzig

zu dämmern.

Und da erblickte ich auch schon den Gipfel des Berges, sagen wir lieber gleich, daß es ein ziemlich steiniger Gipfel war, aber es wuchs eine prächtige Bergkiefer darauf. Unter ihr stand ein Bauwagen mit unterlegten Rädern. Ich tat noch ein paar Schritte, aber von da oben gab es keinerlei Aussicht, der Gipfel war von einem breiigen Nebel umhüllt. Ich zögerte eine Weile, bevor ich noch näher an den Bauwagen herantrat, und erst da hörte ich, daß sich drinnen etwas rührte. Ich klopfte an die Tür.

Was, Sie hier?

Sachte nur, sachte, besänftigte er mich. Es war ihm aber nur zu deutlich anzumerken, was für eine schweinische Freude er hatte, mich so überrumpelt zu haben.

Er kochte Kaffee, und dann stellten wir zwei Stühle heraus, die wir mit dem Rücken zum Bauwagen und der Stirn zu der Wand aus Nebel plazierten. Einen Moment saßen wir nur so da, bückten uns nach Kiefernzapfen und fütterten den Nebel.

Was ist hinter dem Nebel?

Was soll da schon sein? Mein Gott, sind Sie neugierig. Er stand auf, trat an den Rand, streckte die Arme bis zu den Schultern in den Nebel hinein, und langsam und mit Genuß drehte er sie darin hin und her. Dann zog er sie heraus und sah sich die kleinen, an den Ärmeln fest-geklebten Nebelbäuschchen an. Aleš, Ihr Elend besteht darin, daß Sie sich selbst nicht mehr annehmen können.

Ich habe nicht das Gefühl, daß ich Schwierigkeiten mit mir selbst hätte. Vielmehr habe ich Schwierigkeiten mit anderen.

Von wegen, Schwierigkeiten mit anderen sind immer auch Schwierigkeiten mit sich selbst. Also gut, fangen wir anders an. Stellen Sie sich vor, daß Sie, um überhaupt existieren zu können, Ihre Lebensgeschichte haben müssen. Verstehen Sie, was ich damit sagen will? Sie müssen nämlich Ihr Leben zu einer Geschichte ordnen, in die Sie dann auf unterschiedliche Art und Weise alle wichtigen Ereignisse Ihres Lebens einfügen, aber auch alle Menschen, die irgendwie in Ihr Leben getreten sind. Können Sie mir folgen? Bin ich verständlich genug? Sie haben also Ihre Lebensgeschichte, die Sie dann nur noch korrigieren, je nachdem, wie sich die Realität um Sie herum und in Ihnen verändert. Nun aber Vorsicht! Sobald Ihnen Ihre Lebensgeschichte aus irgendeinem Grund entgleitet, sobald Sie nicht mehr in der Lage sind, alle Begebenheiten Ihres Lebens darin zu integrieren, und sobald Sie es nicht mehr als Ihre Geschichte empfinden, verlieren Sie Ihre Identität. Sich selbst anzunehmen bedeutet, seine Geschichte mit allem Drum und Dran anzunehmen. Irgendwelche Fragen, mein Freund?

Der Mensch ist also identisch mit seiner Geschichte?

Auch so kann man es ausdrücken. Eine Geschichte ist die reine Identität, die Seele des Menschen. Alles, was die Menschen über sich wissen, wissen sie aus Geschichten. Vom Anfang bis zum Ende ihres Lebens erfüllen, offenbaren, korrigieren und verändern Sie nur Ihre eigene Geschichte. Und Sie können ihr nicht entkommen. Jedenfalls nicht für lange. Letztendlich müssen Sie wieder ihre annehmbare Form finden. Zu guter Letzt müssen Sie sie wieder annehmen. Aber Geschichten sind nicht nur die Identität des Menschen, sondern auch die Identität der Menschheit. Und hier gilt dasselbe: Auch die Menschheit kann aus ihrer Geschichte, und sei sie auch noch so grausam, nicht entfliehen.

Wir saßen da, wippten auf den Hinterbeinen unserer Stühle und fütterten weiter den Nebel mit Zapfen.

Darf ich dann aber wissen, was es mit den Göttern auf sich hat?

Eine berechtigte Frage. Eine Geschichte muß immer irgendwie anfangen und irgendwie enden, der Anfang und das Ende, das ist die Conditio sine qua non einer Geschichte. Und deshalb betrifft es die Götter nicht. Ewigkeit und Unsterblichkeit stellen eine absolute Unmöglichkeit für Geschichten dar. Die Götter können von Geschichten nur träumen, jeder Versuch einer Geschichte verflüchtigt sich hoffnungslos im Meer der Ewigkeit. Und so scheint die Unfähigkeit zur Geschichte eine Strafe für die Unsterblichkeit zu sein.

Gott hat also keine Identität?

Weil Identität die Form einer Geschichte hat und folglich auch einen Anfang und ein Ende haben muß, ist sie seit Urzeiten mit dem Tod verbunden. Deshalb nehmen die Götter das sterbliche Menschenschicksal zuweilen für eine Zeitlang an, um die Geschichte wenigstens zu berühren, und deshalb haben die Götter die Menschen erschaffen, um durch sie wenigstens für einen Moment ihre eigene Identität zu berühren. Die Menschen sind nur die Träume der Götter von Geschichten.

Wozu ist dann aber die menschliche Identität da, wenn derjenige, der sie hat, sie schließlich sowieso für immer verliert?

Schon wieder eine berechtigte Frage. Aber fragen Sie doch noch weiter! Wozu ist eine menschliche Geschichte da? Die Welt ist ein Ameisenhaufen von Geschichten, und was kann eine einzige menschliche Geschichte in diesem Ameisenhaufen schon bedeuten? Zumal sie schon auf den ersten Blick nur die Variation einer anderen ist? Denn mit dem Abstand unterscheiden sich die Geschichten der Menschen nur geringfügig, sie sind austauschbar, serienmäßig, sie wiederholen sich bis zur Verblödung. Die menschlichen Geschichten sind ursprünglich und echt nur in ihrer intimen, schmerzhaften Konkretheit, die sich aber nicht festhalten läßt. Während Gott keine Geschichte und keine Identität hat, weil er keinen Anfang und kein Ende hat, verlieren die Menschen mit den Milliarden von Anfängen und Enden um sich herum die Einzigartigkeit ihrer Geschichten, und alle Identitäten zerfließen in der Menge ihrer selbst. Und das ist der richtige Moment, in dem sich die Götter und die Menschen die Hand reichen.

Der Nebel sah stellenweise wie ein weißes Feuer aus, das von Zeit zu Zeit aufloderte, um dann wieder mit gedämpfter Flamme vor sich hin zu glimmen. Ich beugte mich näher heran und sättigte mich an diesem Feuer.

Gott schaute mir vergnügt zu.

Zweiundzwanzig

Aleš stieg vom Bauwagen nach unten zur Eisenbahnstation hinab und wartete dort gute zwei Stunden auf den nächsten Zug. Diejenigen aber, die Gelegenheit gehabt hätten, ihm beim Warten zuzusehen (er lief auf einem langen Balken auf und ab, den jemand in den Schnee gelegt hatte), hätten bestätigt, daß er glücklich lächelte.

Er kam in Brünn genauso an, wie er es verlassen hatte, ohne Gepäck und in seinem »Beerdigungsmantel«. In den Brünner Straßen haufenweise Schnee, wieder einmal ein richtiger Winter, und als er in Königsfeld auf der Palacká aus der Straßenbahn stieg, sah er sogar zwei Skilangläufer, wie sie sich ins Zeug legten.

Es war spät am Nachmittag, eigentlich schon Abend. Die häusliche Idylle des kleinen Mojmírplatzes störte an diesem Tag merkwürdigerweise nicht einmal das postmoderne Gebäude der neuen Königsfelder Post.

Aleš schaute auf die heruntergelassenen Jalousien. Er ging die Treppe hinauf, schloß auf und schlüpfte in den Flur, wobei er aus dem Augenwinkel einen Herrenmantel an der Garderobe wahrnahm. Das brachte ihn aber nicht um seine gute Laune. Er trat einen Schritt auf die Wand zu, an der ein Familienfoto hing, das vor seiner

Abreise noch nicht dort gehangen hatte. Am linken Rand der kleinen Gruppe stand Putzi und hob in einer typischen Geste seine linke Hand, deren Daumen und Mittelfinger einen Kreis formten.

Er zog seine Schuhe aus, und da er weit und breit weder seine Hausschuhe noch seinen Bademantel fand, ging er barfuß weiter, die Daumen angeberisch unter den Hosenträgern eingehakt. Er durchquerte das Wohnzimmer und bog nach links ins Schlafzimmer ab, wo er Dutzi erblickte, der flugs aus dem Bett sprang und sich eiligst in seine Hose zwängte, ohne sich mit der Suche nach seiner Unterhose aufzuhalten (und wir werden gleich sehen, daß es sich nicht auszahlt). Vergessen wir aber in dem Tohuwabohu nicht Lucie. Sie grinst wie ein Tintenfisch vor Absonderung seines düsteren Farbstoffs.

Aleš – platzte Dutzi heraus –, ich möchte dir versichern, daß alles anders ist, als du es dir jetzt vielleicht vorstellst. Ich hab hier nur in allen Ehren – er zieht schnell den Reißverschluß hoch, klemmt sich dabei jedoch die Vorhaut ein und beendet den Satz nicht mehr, sondern jault nur auf. Aleš versteht ihn indes gut und bewahrt sich sein sonniges Strahlen auf dem Gesicht, was bei Dutzi und Lutzi, wir korrigieren: Lucie, Entsetzen hervorruft.

Kaum hat Dutzi seine Vorhaut befreit, wechselt er mit Lucie einige schnelle Blicke und beginnt erneut (den absolut ruhigen) Aleš zu beruhigen. Es ist nichts passiert, es ist nichts passiert, wiederholt Dutzi stets aufs neue, seine hochgeschossene Clownsgestalt schwankt hin und her, und Aleš schwankt einvernehmlich mit ihm. Derweil schlüpft Lucie an ihnen vorbei und läuft nach unten in die Halle.

Dann hört Aleš, wie Lucie irgendwo anruft, während Dutzi, der mit der einen Hand, der Trösterin, den verletzten Gladiator hätschelt, mit der anderen Aleš festhält. Der aber widersetzt sich keineswegs, sondern wartet lächelnd auf die, die Lucie angerufen hat.

Wir möchten nicht, daß Sie es falsch verstehen. Das, was jetzt mit Ihnen passiert, ist keinesfalls etwas Unlauteres. Wir wollen Ihnen doch helfen und Sie nicht einbuchten. Lieber Aleš! Dürfen wir Sie so nennen? Nun, lieber Aleš, jetzt befinden Sie sich schon außer Gefahr. Vor uns brauchen Sie sich nicht zu schämen und, wie Sie gleich begreifen werden, auf keinen Fall zu genieren. Ihre Frau und die gesamte zahlreiche Verwandtschaft haben schon seit einiger Zeit darüber nachgedacht, eine ehrwürdige psychiatrische Anstalt zu konsultieren, aber manchmal führt von der Absicht bis zur Tat ein, sozusagen, zu langer Arm. Als Sie dann aber plötzlich verschwunden waren, Ihr Bares von der Bank abgehoben hatten und einfach so ohne jegliches Gepäck mit unbekanntem Ziel weggefahren waren, bekamen sie Angst, zu lange gezögert und es zu weit kommen lassen zu haben. Inzwischen haben sich aber die Umstände günstig verändert, und das hier ist genau die sichere Anstalt, deren dicke Mauer Sie an einem weiteren überstürzten Tun hindern wird, und wir sind ein sehr junger, aber tüchtiger Psychiater, der hier gerade den Chefposten übernommen hat. Gestatten Sie, daß wir uns vorstellen, Doktor Peter Jordan ist unser Name.

Es besteht kein Zweifel, daß Sie das durchlebt haben, was man die dunkle Nacht der Sinne nennt, die jeder von uns gelegentlich durchschreiten muß. Wir würden beispielsweise sagen, daß ein hinreichendes Warnsignal bereits darin bestand, was einst vor der Beerdigung Ihrer Großtante passierte. Ihre barbarische Tat, für die sogar das heruntergekommenste Bahnhofsindividuum bis ins Knochenmark erröten müßte... Wir alle haben damals versucht, es so schnell wie möglich zu vergessen, und sind auf Zehenspitzen daran vorbeigeschlichen, Sie selbst aber waren sich so sicher, daß Sie eigentlich für nichts verantwortlich, daß Sie nur ein armes Opfer waren, das sich auf diese Art vor einer traumatischen Erinnerung aus der Kindheit schützte.

Ach ja, diese Kindheitserinnerungen! Was soll ich Ihnen erzählen! Sie sind ein gebildeter Bibliothekar, haben einiges durchgeschmökert und auf anderes zumindest einen Blick geworfen, und so war es für Sie kein Problem, eine schlüpfrige Geschichte zu erfinden, ein schreckliches Kindheitstrauma, von dem Sie sich dann später eingeredet haben, daß es Sie für immer gezeichnet hätte. Als Sie fünf oder sechs Jahre alt waren, hat man Sie angeblich gezwungen, Zeuge einer familiären Hinrichtung zu sein. Eine Szene wie von Hitchcock oder Polanski, nicht wahr? Ist Ihnen denn noch nie in den Sinn gekommen, was für ein erbärmlicher Gedanke, was für eine dumme Konfabulation und was für eine dämliche Erfindung das war? Sie kommen uns jetzt garantiert mit dem Argument, daß Dämlichkeit, Dummheit und Erbärmlichkeit noch nie im Widerspruch zur Realität gestanden haben, sondern im Gegenteil oftmals ihr Hoheitsemblem sind! Aber was ist schon Ihre kleine Familiengeschichte mit der häuslichen Hinrichtung im Vergleich zu der monströsen Dummheit der Menschheitsgeschichte, die mit dämlichen Geschichten geradezu gespickt ist! Wir brauchen uns nur das zwanzigste Jahrhundert anzusehen, es ist lediglich eine lange, obszöne Geschichte, in der sich niederträchtige Figuren erheben, nach deren Willen Millionen sterben und weitere Millionen umherziehen, um diesen Figuren den Arsch zu lecken! Genau so, es ist nur eine von einem Idioten erzählte Geschichte, eine schaurige, doch durch und durch unsinnige... Aber hier, lieber Aleš, gilt auch das, was wir zum Beispiel das Gesetz der großen Zahlen nennen könnten: Idiotische Geschichten sind der Wahrheit desto näher, je größer die Dimensionen sind, in denen sie sich abspielen! Große Geschichte kann sich straffrei große, obszöne Geschichten erlauben, die einem kleinen Bibliothekar nie durchgehen würden! Auch wenn Ihre geschmacklose kleine Geschichte mit der Familienhinrichtung hundertmal wahr sein sollte, gehört sie nicht in die Ordnung der großen Zahlen und bleibt folglich für immer nur unwahrscheinlich, erbärmlich, unsinnig. Vergessen Sie sie samt aller ihrer traurigen Spekulationen, und fangen Sie endlich an, sich der Realität zu widmen (und die ist, mein lieber Freund, die Tatsache, daß du hier nie wieder wegkommst, du wirst hier im Irrenhaus verfaulen wie ein Stück Fleisch im hohlen Zahn eines Fettwanstes).

Peter Jordan nickte dem zufrieden lächelnden Aleš zu. Dieser Idiot, dieser Idiot!, dachte er, wie kann er nur immer so glücklich sein? Das Privileg der Idioten!

Dreiundzwanzig

Ich sitze auf einem Stuhl, mit dem Rücken zum Bauwagen, mit der Stirn der Nebelwand zugewandt, ab und zu bücke ich mich und füttere den Nebel mit Zapfen. Er hatte mich hier zurückgelassen, um mich in meiner Geschichte zu vertreten, bis ich mich soweit gesammelt habe, um sie selbst fortzusetzen. Allmählich habe ich aber kapiert, daß er nie mehr zurückkommen wird. Mir ist nach und nach klargeworden, daß er mich betrogen hat, daß er sich in meine Geschichte hineingeschnorrt hat, Gefallen an ihr gefunden und die Absicht hat, in ihr zu bleiben.

Erst jetzt habe ich endlich begriffen, daß er hier geduldig auf einen wie mich gewartet hat. Er hat auf jemanden gewartet, der ihn ablösen würde. Er hat mir eine Falle gestellt. Das also wollte mir (oder wollte eher nicht) Pater Filip sagen.

Und hier habe ich mittlerweile auch begriffen, daß die Götter nur gottlose Spinner menschlicher Geschichten sind. Nur aus Langeweile und leerer Laune denken sie sich unsere Lebensgeschichten aus, in die sie uns verstricken, ohne auch nur eine einzige selbst erleben zu können. Für eine erlebte Geschichte zahlt man nämlich mit dem Tod, für die Unsterblichkeit mit verdorrter Leere, in der keine Gegenstände existieren, sondern nur ein fortwährendes Spiel von Eindrücken, eine Welt ohne Gedächtnis, ohne Zeit.

Ich habe mittlerweile begriffen, daß auch das dümmste menschliche Schicksal und die schlüpfrigste irdische Geschichte immer noch annehmbarer sind als die Unsterblichkeit, diese schreckliche Geschichtenlosigkeit, in der sich alles nur ins unendliche wiederholt, nichts endet und nichts beginnt. Unsterblich zu sein ist nichtig. Alle Geschöpfe mit Ausnahme des Menschen sind unsterblich, weil sie nichts vom Tod wissen. Göttlich, furchtbar, unbegreiflich ist es, sich der Unsterblichkeit bewußt zu sein.

Noch jetzt sehe ich ihn, wie er weggeht, eingehüllt in meinen »Beerdigungsmantel«, und wie er in seine eben erworbene Sterblichkeit glücklich hineinlächelt! Und er lächelt zufrieden, zufrieden einquartiert in meiner Geschichte! Er hat seine Göttlichkeit gegen meine Menschlichkeit eingetauscht!

Ich sitze mit dem Rücken zum Bauwagen und mit der Stirn zur Nebelwand und warte wie ein Idiot, daß ich vielleicht ebenfalls Glück habe und mich jemand ablöst, den die Sehnsucht packt, sich aus seinem Schicksal auszuklinken, und für den die dumme, schlüpfrige Geschichte seines Lebens (und die dumme und schlüpfrige Geschichte der Menschheit!) dermaßen unannehmbar, dermaßen widerlich wird, daß er Lust bekommt, aus ihr auszusteigen, seine Identität abzuwerfen.

Wer weiß, wie lange ich hier schon sitze und warte, daß ihr kommt. Bis dahin spinne ich eure Geschicke zu widerlichen und noch widerlicheren Geschichten, damit ihr euch sehnt, daraus zu entfliehen. Ich sitze und warte. Kommt also! Ich bin der Gott eurer Geschichten! Aber was für ein trauriger, trauriger Gott...

Beendet am 26. Juni 2000

Jiří Kratochvil

Unsterbliche Geschichte

Roman

Aus dem Tschechischen von

Kathrin Liedtke und Milka Vagadayová

2000. 300 Seiten. Leinen

ISBN 3-250-60027-X

MERIDIANE 27

In *Unsterbliche Geschichte* erzählt die Protagonistin Sonja Trotzkij-Sammler ihr Leben: Sonja wird in der Silvesternacht des Jahres 1899, eigentlich am 1. Januar 1900, in Brünn geboren. Ihre Geburt wird von ihrem (vorbestimmten) zu diesem Zeitpunkt zwölfjährigen Liebhaber Bruno Mlock ungeduldig erwartet, doch auf dem Heimweg von einem Besuch bei seinem Onkel ertrinkt Bruno drei Tage nach Sonjas Geburt in der Donau. Dennoch kehrt er in ihr Leben in Gestalt verschiedener Tierinkarnationen in regelmäßigen Abständen zurück, um sich mit ihr in Liebe zu vereinen: »In jenen Jahren hatten wir schließlich gelernt, den Ersatz zu lieben, Butterschmalz anstelle von Butter und dann auch noch irgendeinen künstlichen Honig. Und auch mein ganzer Weg zu Bruno war von Ersatz gesäumt, geliebtem Ersatz.«

»Jiří Kratochvils entfesselte Phantasie verwandelt Wirklichkeit fortwährend in einen Traum. Seine ungewöhnlich reichen Erfahrungen lassen die Träume jedoch realer werden als die Wirklichkeit.« *Milan Kundera*

Ammann Verlag

László Krasznahorkai

Im Norden ein Berg, im Süden ein See, im Westen Wege, im Osten ein Fluß

Roman
Aus dem Ungarischen von
Christina Viragh
2005. 160 Seiten. Leinen mit Lesebändchen
ISBN 3-250-60080-6
MERIDIANE 80

Im Süden Kyotos, an der einschienigen Schnellbahn der Kai-han-Linie gelegen, nur eine Haltestelle außerhalb der Stadt, ist ein Kloster. Eine labyrinthische Steigung führt den Enkel des Prinzen von Genji an diesen abgelegenen Ort. Irgendwo hier müßte er sein, der schönste Garten der Welt.

Das Kleine groß werden zu lassen, Unauffälliges in den Mittelpunkt zu rücken, Schönheit im Alltäglichen aufzuspüren und das ordnende Prinzip im angeblichen Chaos zu benennen, all das leistet László Krasznahorkai bei seinem Ausflug in die japanische Landschaft und in Japans Ideen- und Gedankenwelt. Entstanden ist ein literarisches Kleinod von ungekannter Tiefe, ein meditativer Text, der auch europäische Gemüter lehrt, sich in die zirkuläre Denkweise des fernen Ostens einzufühlen.

»Ein Leseerlebnis, das nachdrücklich daran erinnert, was Literatur, was Weltliteratur sein kann.«

Gregor Dotzauer, Der Tagesspiegel

Ammann Verlag

Friedrich Kröhnke

Ciao Vaschek

Roman

2003. 140 Seiten. Leinen

ISBN 3-250-60062-8

MERIDIANE 62

»Ich hatte in Deutschland nicht mehr leben wollen. Ich wollte, wie früher einmal auch in Deutschland, zu Fuß überall herumgehen, anschauen, was es anzuschauen gibt, und an jeder zweiten Ecke die Möglichkeit zu unzüchtigem Betragen suchen oder finden.« Solche Gelüste lassen sich in Žižkov einlösen, jenem Prager Arme-Leute-Viertel, das der Erzähler als »der Montmartre, das Schwabing, das Greenwich Village unserer Tage« proklamiert. Hier, wo sich das bunte Völkchen der Handwerker, Künstler und zwielichtiger Zeitgenossen tummelt, findet sich das beste Terrain zu Müßiggang und zur Feier der kleinen Abenteuer. Doch was als euphorischer Aufbruch zum Ort der Sehnsucht beginnt, wandelt sich für den Erzähler zunehmend in Verstörung.

Wie sich aus dem glücklichsten Moment auch Furchtbares entwickelt, wie nah Schönes und Schreckliches beieinander liegen, das zeigt Friedrich Kröhnke in seinem liebevollen und fein beobachteten Reiseroman.

»Eine Illusion, auf bestrickende Weise zu Literatur geworden.«

Marko Martin, Die Welt

Ammann Verlag